LA LITTÉRATURE FRANÇAISE

ANNIE ERNAUX

LES ARMOIRES VIDES

1984BOOKS

INSTITUT FRANÇAIS Cet ouvrage a bénéficié du soutien des Programmes
d'aide à la publication de l'Institut français.

이 책은 프랑스문화원의 출판번역지원프로그램의 도움으로 출간되었습니다.

빈 옷장

아니 에르노 지음 · 신유진 옮김

일러두기

- 주석은 모두 옮긴이주다.
- 본문에 나오는 « »는 프랑스어 원문을 따라 표기했다.
- 본문의 고딕체는 원서에서 이탤릭체로 표기된 부분이다.
- 원문에는 표기되어 있지 않지만 필요하다고 판단된 경우 ''로 표기했다.

"텅 빈 옷장에 가짜 보물을 간직해 두었지
쓸모없는 한 척의 배가 나의 유년기와 나의 권태를
나의 유희와 피로를 이어주네"

– 폴 엘뤼아르
『모든 사람의 장미』「두 개의 물방울처럼」중에서

매시간 가위다리를 하고, 공중 자전거를 타거나 벽에 발을 올려 재촉한다. 곧바로 배 아래, 어딘가 이상한 열기가 꽃처럼 퍼진다. 썩은 보라색 꽃. 아프지는 않다. 통증이 오기 직전이다. 골반에 부딪혀 부서지는 느낌이 사방에서 몰려오다가 허벅지 위쪽에서 사라진다. 거의 쾌락에 가깝다.

　«넣는 동안만 잠깐 뜨거울 거예요.» 끓는 물에서 꺼낸, 잔뜩 오그라든 작고 붉은 막대기. «늘어나요. 보시면 알 거예요.» 나는 수술대 위에 있었다. 다리 사이로 반백의 머리카락 그리고 핀셋 끝에서 흔들리는 붉은 뱀만이 보였다. 그것이 사라졌다. 끔찍했다. 나는 솜을 넣어 그것을 고정하는 늙은 여자에게 소리쳤다. 거기를 만져서는 안 돼. 네가 거기를 망가뜨릴 거야… 이 귀여운 사탕에 키스할 수 있게 해줘. 거기, 입술 사이에… 긁어내고, 망가뜨리고, 메우고, 나는 그곳을 다시 쓸 수 있을지 궁금해진다. 일을 끝낸 후 여자는 내가 기운을

차리도록 커피 한 잔을 마시게 했다. 그녀는 쉬지 않고 말했다. «많이 걸어야 해요, 네, 수업에 들어가도 괜찮아요. 양수가 터지지만 않으면» 처음에는 배에서 덜렁거리는 솜과 튜브 때문에 걷는 게 힘들었다. 한 발 한 발 계단을 내려간다. 거리에 나와 사람들, 태양, 차를 보자 어지러웠다. 아무것도 느껴지지 않았다. 나는 기숙사로 돌아왔다.

«진통이 올 거예요» 어제부터 나는 배를 움켜쥐고 신호를 살피며 기다린다. 정확히 무엇을 말하는 것인가. 나는 다만 그것이 천천히 죽어가다가 사라지고, 피로 가득 찬 주머니 안에 잠긴다는 사실만을 알고 있다. 끈적거리는 분비액으로… 그리고 사라진다. 그게 전부다. 머리를 이불 속에 처박고 냄새를 맡는다. 무릎부터 허리까지 달구는 태양, 속에서 일렁이는 미지근한 조수, 겉으로는 어떤 경련도 없다. 모두 몇 킬로미터의 너울거림과 꿈틀거림 속에서 일어난다. 해부도와는 상관없다. 저녁때까지 계속 이 어정쩡한 요가 자세로 있을 것이다. 태양이 피부를 관통하여 살과 연골을 분해하면, 끈적이는 액체는 튜브를 타고 천천히 흐를 것이다. 아무것도 기대할 것 없다. 이렇게 사라지지는 않을 것이다. 이런다고 더 빨리 되진 않는다. 다리를 벽에서 내

린다.

빅토르 위고나 페기처럼 교과 과정에 있는 작가를 공부해 볼까. 구역질이 난다. 그 안에는 나를 위한 것, 내 상황을 위한 것은 아무것도 없다. 지금 내가 느끼는 것을 묘사하거나 이 끔찍한 순간이 지나가게끔 도와주는 대목은 한 구절도 없다. 탄생, 결혼, 임종, 모든 상황마다 그에 따른 기도가 존재하지 않는가. 모든 상황에 맞는 구절을 찾을 수 있어야 한다. 낙태 전문 산파의 집에 갔다가 나온 스무 살의 여자아이를 위한, 그 여자아이가 걸으면서, 침대 위에 몸을 던지면서 생각하는 것에 관해 쓴 구절. 그렇다면 나는 읽고 또 읽을 것이다. 책은 그런 일에 대해 침묵한다. 낙태 기구에 대한 훌륭한 묘사, 낙태 기구의 변모… 옆방 여자애에게 빌려온 의학 사전은 끔찍한 설명들과 불길한 함축적 의미들로 가득 차 있다. 그들은 겁주는 것을 즐긴다. 공기 한 줌에 죽을 수는 없다. 그러나 개구리는, 개구리를 빨대로 터지게 만든다면… 죽는 게 낫다. 더는 구역질이 나오지 않고, 유백색의 역겨운 악취 속에 헤엄치지 않는다. 갑자기 더러운 음식을 쑤셔 넣는다. 꿈에서 몇 킬로미터의 가공육을, 쇼윈도의 식용색소들을 본다. 두 달 만에, 접시에 먹던 사료를 뱉을 준비가 된, 킁킁거리는 개가 됐다. 독약 같은 녹색 시금치, 머큐로크롬 같은 붉은 토마토, 구운 비프스테이크의 의심스러운 바삭한 부분. 산패한 비앙독스[i]의 맛이 계속 느껴져서, 그것이 위에서 위궤양처럼 자라고 있다고 해도 믿을 지경이다. 책들은 나를 구역질 나게 한다. 나는 학생인 척 연기한다. 필기를 하고, 수업에 집중하려 애쓰고. 나는 지금, 환승 중이다. 교수 자격증을 따고 싶었다. 평론가나 기자가 되거나. 어쩌면 6월 시험에 실패할지도 모른다. 10월도... 시작이 불길하다... 공부가 무슨 소용이 있는가. «지드에 대해서 발표해 볼 사람?»

보르낭의 시선이 대강당을 훑는다. 나는 내리 세 줄을 쓸 수 없을 것이다. 지드가 아니라 그 누구라도 전혀 할 말이 없다. 나는 부모님 가게 진열장의 울퉁불퉁한 병처럼 부자연스럽고, 단어를 반복해서 말하는 보르낭만큼, 딱딱해진, 볼품없는 그의 성기만큼 부자연스럽다. 그의 손이 내 얼굴 앞을 지나간다. 그는 분명 알고 있다. 느끼하고 변태 같은 그 달걀형 얼굴. 비앙독스 맛이 점점 더 커져 목구멍까지 넘어온다. 어금니를 단단히 깨물었다. 만약 그대로 튀쳐나갔더라면 모두 내가 임신했다는 사실을 알아챘을 것이다. 이미지 실추, 그

---

i 고기 육즙으로 만든 소스.

것이다. 차라리 죽는 게 낫다.

첫 번째 통증이 시작됐다. 그것은 갈지자로 돌다가 어느 지점에서 터져 누그러진다. 안에서 형형색색의 화려한 불꽃놀이가 벌어진 것이 분명하다. 더 뜨거운, 아무것도 아닌, 쾌락의 끝의 끝. 속에 있는 게 모두 망가진다면 어쩌면 다시는 오르가슴을 느끼지 못할 것이다. 벌이다. 그들이 나를 봤다면… «싹수가 노랗네.» 언제 그 늙은이들이 그 오래된 예언을 입에 올렸던가. 한 달 전에 나는 재앙을, 그들이 새파랗게 질려서 부들부들 떠는 것을 보기 위해, 그들의 면전 앞에서 임신했다는 사실을 내뱉을 뻔했다. 끊임없는 비극의 낡은 마스크, 그들이 극도로 흥분하여 소리를 지르면 나는 그들이 받아 마땅한 벌이라고, 보기 흉하고 초라한, 촌뜨기 같은 그들 때문에 내가 그렇게 한 것이라고 기쁨으로, 분노로 소리치려 했다. 나는 아무 말도 하지 않았다. 일단 혼자 해결해야 하니까. 그들은 분명 나를 막았을 것이다. 나는 감히 그들에게 그런 일을 말하지 못할 것이다. 그들은 까맣게 모를 것이다… 그들은 나를 위해 최선을 다했다… 그들은 저녁을 먹겠다고 말한 대로 저녁을 먹는다. 데이지꽃이 그려진 코팅된 식탁보 위에서, 닭고기와 완두콩, 제일 좋은 것들, 어머니는 세드르에 짓고 있는 가게들을 보러 갈 수 있을 것이라고 말한다. 맞은편 가게들, 경쟁자들이다. 아버지가 귀찮다고 대답하면 그들은 다툰다. 불 보듯 뻔하다. 그들을, 그들의 가게를 생각하고 싶지 않다. 나는 그들과, 모든 것이 깨끗한 이곳의 새로 칠한 벽, 청결한 화장실, 책이 꽂혀 있는 책장을 연결 지어 생각할 수 없다. 이곳에서 나는 르쉬르의 딸이 아니라 그저 학생일 뿐이다. 기숙사 공원 곳곳에 나뭇잎이 떨어졌다. 길마다, 철책 근처에 주차한 차들 지붕에 나뭇잎들이 넘쳐흐른다. 눈이 부시다. 마치 몬티첼리 그림 같다. 내게는 아직 문화가 남아 있다. 바칼로레아를 볼 때까지 나는 그림에 대해서는 아무것도 몰랐다. 『모두를 위한 독서[i]』에서 판화 작품을 오려낸 것이 전부였다. 사방에서 솟아오르는 낙엽들을 밟으며 뛸 수는 없다. 나무 사이로 내리쬐는 햇살 줄기가 길을 가르고, 까끌까끌한 공기가 치아 사이로 들어와 역한 맛을 씻어낸다. 겨우 반듯하게 눕거나 엎드리고, 무릎을 벌리고, 허리에 힘을 주어 일어나며, 책상다리를 하고 앉아서 낙태 준비 체조를 한다. 그 더러운 자식은 잘 웃었다. 그 쓸모없는 부르주아… 내 몸을 만진다. 시작되는 순간을 상상한다. 포탄, 장터의 공, 넘쳐흐르는 액체,

---

i 삽화가 들어 있는 대중적이고 보편적인 잡지.

아무거나.

벌이다. 제삼자에게 받는 매질이다. 작고 빨간 낙태 기구에 끌려간다. 이렇게 되기까지 20년이 걸렸다. 누구의 잘못도 아니다. 나 혼자만의 잘못이다. 처음부터 끝까지 나다. 나는 누구인가. 일단 르쉬르 식료품점의 딸이다. 언제나 우등생이며, 일요일에는 짧은 발목 양말을 신는 얼간이이자 장학생이다. 그리고 어쩌면 낙태 전문 산파에게 따먹힌, 아무것도 아닌 존재. 나 그리고 진열창의 강낭콩 요리 통조림, 3년 동안 입다가 닳아진 코트, 책들, 책들, '너 이 책은 있어?', 7월의 축제에 짓밟힌 풀, 부드러운 손, '안 되는데…' 곳곳에 사람들이 있다. 비틀거리는 사람, 손짓하는 사람. 그들은 보라색 얼굴을 하고 손을 늘어뜨리며 다가온다. 사방팔방에서 나온 늙은이들, 근처 요양원의 머리가 돈 사람들, 늘 손이 어딘가에 있는 변태들, 콘비프를 사고 외상을 다는 사람들. 그들은 항상 내가 자신들을 경멸한다는 사실을 알고 있었다. '르쉬르 딸이 감자를 가져와도 되잖아.' 그들은 르쉬르 딸을 향한 복수를 이뤘다. 비서, 타이피스트는 잘 알고 있다. 손이 하얗고 빨간 매니큐어를 바른, 조금 콧대 높은 여자들. 그러나 학생은 너무 다르다. 무엇을 공부한단 말인가. 문학, 깜깜하고 모호하다. 다행히 갈피를 못 잡는 그들은 거기서 멈춘다. 어쨌든 늙은이들은 그들에게 설명할 수 없을 것이다. 작살을 맞은 느낌이다. 급작스러운 몸짓, 결국 사전에서 말한 대로 꾸르륵 소리로 끝날 것이다. 그들은 알게 될 것이다. 식료품점에 가서 눈을 번뜩이며 «어떻게 됐어?» 물을 것이다. 계산대 뒤로 줄을 서서, 먼저 사과 1파운드, 치즈 한 조각으로 말을 꺼내겠지. 그들은 흥분할 것이고, 내 부모는 아무것도 모르는 척하며 말할 것이다. «부인, 더 필요하신 것 있으세요?» 모든 손님들은 연료용 알코올과 식초로 부식된 바닥에 꼼짝 않고 서서 무슨 이야기라도 들으려 할 것이다. 위치가 좋지 않은 낭종, 종양, 어딘가에서 터진 혈관. 모든 의심을 씻으려 해도 꼬치꼬치 묻는 시선들 앞에서 실패할 것이다. 나는 그들을 안다. 얼마나 많이 저녁거리를 사러 왔던가, 얼마나 많이 자신들과 어울리지 않는 가난, 인간 존중, 부끄러움, 절제 같은 말을 꺼내며 8일만 외상을 달라고 애걸했던가. 나는 어릴 때부터 대학생이 될 때까지 그들이 식료품점 한가운데에 눌러앉아 있는 모습을 봤다. 그들은 색이 바랜 낡은 카페 의자에 주저앉아 떠들면서 항상 기회를 엿봤다. 그들은 내가 셔츠를 입는 것을, 주방의 싱크대에서 세수하는 것을, 식탁 귀퉁이에서 숙제하는 것을 지켜보다가 내게 물었다. «너무 예쁘구나, 니니즈, 그 원피스는 어디에서 났니? 나중에 뭘 할 거야? 너도 카페를 차릴 거니? 혀를 내밀지 마, 엉덩이를 맞고 싶은 게야? 그래?» 어릴 적, 카페의 그 노망난 사람들은 할 수만 있었다면 나를 주물럭거리고 잡아먹었을 것이다. 만약 내가 르쉬르 식료품점의 딸, 르쉬르의 딸이 아니었다면, 어느 순간부터 내가 모두를 증오하지 않았었더라면, 내가 «우리는 네 부모야»라고 말하는 늙은이들한테 잘했더라면. 후회가 밀려오지만, 무엇도 견딜 수 없었다. 모든 것을 조립하듯 하나씩 순서대로 재구성하고, 쌓고, 끼워 넣는다. 왜 내가 죽음과 앞으로 일어날 일들을 두려워하며 기숙사에 갇혀 있는지를 설명한다. 두 번의 진통 사이에 일어난 모든 것을 분명하게 보고 이야기한다. 이 소동이 어디서 시작됐는지를 본다. 아니다, 나는 증오를 안고 태어나지 않았다. 내 부모를, 손님들을, 가게를 늘 싫어했던 것은 아니다... 타인들, 교양 있는 사람들, 선생님들, 예의 바른 사람들, 나는 이제 그들 역시 증오한다. 지긋지긋하다. 그들에게, 모두에게, 문화, 내가 배웠던 모든 것에 구역질이 난다. 나는 사방에서 농락당했다...

르쉬르 카페 겸 식료품점은 무시할 만한 곳이 아니다. 시내에서 멀리 떨어진, 거의 시골에 가까운 클로파르 길에 있는 유일한 가게다. 월말에 외상값을 갚는, 잔뜩 취한 손님들이 가득하다. 공동체는 아니지만, 그와 비슷하다. 위층의 냉골 같은 커다란 방을 제외하면 독립된 공간은 따로 없다. 겨울에 잠옷을 입고 침대에 들어가 축축한 침대보를 열어젖히고, 마른행주를 덮어놓은 따뜻한 벽돌을 향해 기어가면, 그곳이 나의 북극이자 남극 탐험이다. 온종일, 아래층 가게와 카페에서 생활한다. 그 두 공간 사이에는 좁은 통로가 있어서 계단, 주방으로 이어지고, 주방은 탁자 한 개와 의자 세 개, 석탄을 넣는 화덕과 물이 나오지 않는 개수대로 꽉 찬다. 물은 마당에 있는 펌프에서 받아온다. 주방에서는 이곳저곳에 몸이 부딪친다. 오후 한 시가 되어서야 부리나케 밥을 먹고, 저녁 식사는 손님들이 떠난 후에 한다. 어머니는 턱까지 쌓아 올린 몇 리터의 기름이나 럼주, 초콜릿, 설탕, 가게 창고에서 운반한 것들을 담은 상자를 들고 문을 발로 차면서 그곳을 수백 번씩 지나다닌다. 어머니는 가게에서, 아버지는 카페에서 주로 시간을 보낸다. 집은 손님들로 넘쳐난다. 그들은 곳곳에, 어머니가 감자와 치즈의 무게를 재고, 중얼중얼 셈을 하는 계산대 뒤에 줄을 서거나, 식당 테이블 주변에 모여 있거나, 아버지가 닭장 근처 벽에 술통과 판자 두 개를 직각으로 세워 만든 변소가 있는 마당에 있다.

아침 7시가 되면 그들이 온다. 잠옷을 입고 계단을 내려오면, 벌써 그들이 보인다. 짧은 양털 코트, 도시락으로 볼록한 가방, 그들은 괴상한 옷차림을 하고 손에 유리잔을 꼭 쥔다. 말없이 그것을 움켜잡는다. 그들은 목재 공장, 공사장으로 향한다. 오후가 되면 조금 더 어슬렁거리다가, 저녁이 되면 취한다. 축제는 바로 그들과 함께 시작된다. 그들은 양로원의 늙은이들, 낄낄거리는 사람들과 변태들, 오래 투병 중인 이들과 더러운 붕대를 감은 산업재해자들, 오후 내내 머물러 있던 사람들과 합류한다.

아버지는 젊고 키가 크고, 모두를 아우른다. 술병을 쥐고 있는 것은 아버지다. 아버지는 양을 아주 정확하게 측정한다. 눈썰미가 있는 사람이다. «너무 많이 따랐

잖아. 당신은 도대체 기준이 없어.» 아버지가 어머니를 혼낸다. «질투하지 않게» 모든 테이블에 공평하다. 예외는 없다. «충분히 마셨어, 집에 가. 마누라가 기다리잖아.» 애걸해도 버린다. 그는 성질 더러운 이들, 만족을 모르고 시비를 거는 이들을 자제시킨다. «나 경찰서에 갈 거야. 경찰들이 술을 홀딱 깨게 해주겠지.» 손님들을 내려다보는, 늘 깨어 있는 자신감 넘치는 눈빛, 그는 반발하는 이들을 쫓아낼 준비가 돼 있다. 실제로 그런 일이 일어나기도 한다. 아버지는 놈의 의자를 당기고, 목덜미를 잡아 일으켜 세운다. 그리고 서두르지 않고 놈을 문까지 데려간다. 환상적이다. 내가 다섯 살, 아니 열 살 때까지 본 아버지의 모습은 그랬다. 얼마나 행복했고 안락했던가. 나는 두 테이블 사이에 기어들어가 내동댕이쳐진 가방을 장난스럽게 밟는다. 부서지는 소리가 난다. «저리 가! 니니즈, 네가 사람들을 방해하고 있잖니.» 거짓말! 나는 카페의 손님들과 함께 남아있다. 그들은 너무 흥미롭다. 각자 개성이 있다. 덩치가 남산만 한 알렉산드르가 말한다. «이봐, 꼬맹이, 학교에서 공부는 열심히 하고 있어?» 딸기 같은 선홍색, 보라색, 눈 주위는 자주색, 진짜 무지개처럼 울긋불긋한 얼굴에 커다란 눈을 데굴데굴 굴린다. 그는 아내를 때리고, 밤 9시에 딸 모네트에게 술 심부름을 시킨다. 리넨 천처럼 하얀 르루아 아버지는 정치에 관한 이야기를 혼자 떠들어댄다. «그놈들이 내각을 뒤엎고, 비프스테이크 가격을 올렸다고. 우리가 더 먹으면..» 그의 생기 없는 입에서 모든 것이 부서진다. 그의 말을 듣고 있으면 소름이 끼친다. 부불, 부불은 또 다르다. 페인트공 부불은 의자에 걸터앉아 말한다. «사장, 여기 맥주! 너는 이리 와 봐» 그는 내 곱슬머리를 잡아당긴다. 가까이서 보면, 피부는 구릿빛에 치아가 벌어졌으며, 이상한 소리를 내며 웃는다. 그의 구부린 무릎 한쪽이 내 배에 맞닿는다. 겨우 몇 센티미터 거리를 두고 있는 소년과 남자의 세계. «남자들과 다니면 안 돼»라고 어머니는 말했다. «이거 봐, 멍청이. 아프다고. — 그럼 예쁘게 인사해 봐» 아무도 나를 보지 않는다. 나는 앙다문 입술을 — 처음으로 — 물컹하고 냄새 나는, 꺼칠꺼칠한 부불의 살갗에 비빈다.

그들은 내가 발을 밟고, 다리를 때리고, 머리 위로 공을 던져도 내버려 둔다. 나는 그들의 심심풀이지만, 가장 즐기는 사람은 나다. 꼬집고, 할퀴고, 주머니 속에 감춘 그들의 보물, 더러운 수첩, 오래된 군대 사진, 담배를 마는 종이를 빼앗는다. 그들은 웃는다. 내가 괴롭히지 않는 사람들은 새로운 사람들이나 우연히 찾아온 사람들뿐이다. 나는 그들의 주변을 맴돌고, 아버지는 2m 거리에서 그들의 술잔을 지켜보며 그들이 신분을 밝히도록 유도한다. 취조가 성공적으로 끝나면 호의를 보인다. 그리고 웅성거리는 소리가 이어진다. 조금씩 낯선 이들이 서로 동화되며 자신의 모습을 드러낸다. 아버지의 지략은 직진하는 것이다. 아버지는 눈을 똑바로 보며 묻는다. 거기에 내가 끼어든다. «저 사람은 누구야?» 살랑거리는 호기심이 나를 간지럽힌다. 나는 르쉬르 카페 겸 식료품점을 모르는, 도시 반대편에서 온 남자를 바라본다.

사람들이 무리 지어 오는 날도 있다. 공사장 인부들, 도로 정비공들. 그들이 우리 집에 오는 것은 다른 곳보다 우리 집이 더 낫기 때문이다. 도시락을 데울 수도 있고, 슈크루트 통조림을 주문할 수도 있으며, 취하면 창고에서 잘 수도 있으니까. 그들은 이제 가족과 다름없다. 내가 그들의 무릎에 올라가면, 그들은 사진을 꺼내 보여주거나 오렌지 몇 조각을 주기도 한다. 그들은 공사가 끝나면 떠났고, 그것이 내 삶에 있어서 유일한 슬픔이었다. 나와 내 부모님, 그러니까 우리는 남고 다른 사람들은 사라지는 것, 금세 대체되는 것, 카페에서 나누는 이야기처럼 언제든 바뀔 수 있다는 것. 언제나 새로운 이야기는 다른 곳에서 시작되어 저녁이 돼도 끝날 줄을 모른다. 자리에 없는 바보 같은 사건의 당사자들, 반장, 사장, 시내의 상인들을 흉내 내고 또 흉내 낸다. «뭐라고? 그렇게 물었어. 내가 만든 게 형편없다고 하길래. 어떨 때는 '어디 한 번 내가 일을 못 한다고 말해 보시지. 얼간이 새끼', 이렇게 말했지. 한마디도 못 하더군, 나를 건드리면 안 돼. 알잖아.» 무섭고 비극적인 일들이 지나간다. 알렉산드르가 반장의 목을 조를 뻔했고 작업실에 불을 지를 뻔했다… «하나같이 멍청한 놈들뿐이야» 그는 아무 일도 저지르지 않았고 어떻게 끝이 났는지는 알 수 없다. 그가 다시 테이블에 앉는다. 나는 그들 편이었다. 그들이 불쌍하다고 생각했다. 멍청한 사장들. 나는 그들을 좋아했고, 그들이 우리 집에서 지내는 모습을 경이롭게 바라봤다. 모두 솔직하다. 게다가 마실수록 더 솔직해지고, 또 솔직해질수록 더 굉장해진다. 친구들과 나는 빈 테이블에 앉아서 곁눈질로 그들을 보며 웃음을 터뜨린다. 우리는 시험 삼아 그들, 특히 양로원의 늙은이들에게 온갖 못된 말들을 조용히 퍼붓는다. 위험은 없다. 듣지 못하니까. 그들이 동시에 소리를 지르다가 갑자기 멈춘다. 그들의 불행이 거기, 테이블 위, 술잔에 있다. 그들은 줄곧 고개를 끄덕이거나 '똥구멍을 핥는다', '낯짝에 침을 뱉는다' 같은 엄청난 말들을 반복한다. 어머니가 지나가며 말한다. 《그런 일로 그런 말을… 부끄럽지도 않아요, 르루아 아버지?》 우리는 밑에서 웃는다. 늙은이들은 변태다. 손으로 고추를 만지고, 마당에 오줌을 싸러 가는 척 걸으면서 고추를 보여준다. 나는 색마들과 노망난 이들에 대해 잘 알고 있다. 어쩔 수 없다. 관심을 보여서는 안 되지만, 도망칠 준비를 하고 있어야 한다. 혹시 모르니까… 그 부분에 대해서는 더 이상 모르겠다. 친구들과 몇 시간 동안 상상해본다. 물컹하고, 단단하다, 분홍색, 회색이고, 끝이 잘려져 있다. 누구도 가까이 가서 보려고 하지는 않는다. 우리는 적당히 떨어져서 웃기만 한다. 노망난 늙은이가 구토를 참으며 마당의 화장실로 달려가 입을 벌리고 매달려 있을 때도 똑같이 조심해야 한다. 더 재미있는 것은, 저녁 9시, 술을 실컷 마시고 나서 돌아갈 때다. 그들은 옷과 가방을 잡히는 대로 집어 들고 힘든 귀가를 시작한다. 일단 일어나면, 어떤 사람은 1분 동안 반듯하게 서 있다가 비틀거리는 걸음으로 걸어가 문짝을 향해 자신을 내던지고, 또 어떤 사람은 그대로 의자에 앉아 몸을 반으로 접고 카페 바닥만 내려다본다. 예를 들자면 알렉산드르처럼 용감하고 힘이 센 사람, 빈정대는 사람, 자신감 넘치는 사람, 트집쟁이들, 아무 데나 더듬거리다가 갑자기 부딪쳐서 다치는 사람. 그들은 서로 멀찌감치 떨어져 우스운 펭귄들처럼 팔을 벌리고 한 명씩 문턱을 넘는다. 나는 창문 뒤에서 계속 그들을 지켜본다. 그들은 잠시 멈춰 왼쪽으로 가야 하는지 오른쪽으로 가야 하는지 살피다가 갈지자로 돌진해 클로파르 길 끝에서 사라진다. 단짝인 모네트와 나는 술잔 바닥에 아주 조금 남은 지독한 색깔의 술이나, 아니스 향이 나는 술을 게걸스럽게 해치운다. 우리는 돼지 같은 주정꾼들이 모조리 핥아먹은 빈 잔에 섞을 것을 찾는다. 아버지가 설거짓거리를 모으고 행주로 의자를 털며 흘러내린 와인을 닦으면, 모네트는 집으로 돌아간다. 나는 갈색, 보라색 얼룩이 엉킨 바닥 위에서 한 발 한 발 내디디며 춤을 춘다. 그곳은 냄새로, 연기로, 자신들의 삶을 이야기하던 이들로, 나를 무릎에 앉히고 술에 취하면 아이들을 있는 그대로 좋아했던 이들로 뜨거웠다.

어머니는 식료품점에 손님이 없으면, 나무 덧창을 닫고 철로 된 봉으로 고정한 후에 주방에 들어와 의자에 주저앉는다. «늦게 와서 아무리 문을 두드려도 소용

없어. 그런 사람들 대부분은 다 불량배들이야.» 어머니는 매일 밤 더는 지겨워서 못하겠다고 말한다. 타는 듯이 붉은 악성 곱슬머리가 목에 한 다발 있고, 립스틱은 지워졌다. 얼룩진 블라우스 위로 팔짱을 끼고, 넓은 허벅지를 쭉 뻗어 벌린다. 어머니는 피로와 분노를 쏟아낸다. «아직도 계산을 안 했네. 더러운 노인 같으니라고, 내일 내가 물건을 파나 봐라. 시내에 그 할망구에게 외상을 줄 사람이 어디 있는지 보라고 해! 장을 가득 봐서 지나갔다니까!» 어머니에게서는 사탕, 카튬 비누, 술 상자를 나르다 몸에 밴 쉰 와인 냄새가 난다. 의자가 너무 작아 보일 정도로 육중하다. 약국에서 몸무게를 쟀을 때 80kg이었다. 나는 어머니가 멋지다고 생각했고 카탈로그 속 찰랑거리는 머리카락에 뱃살이 없는, 가슴을 가린 우아한 해골들을 경멸했다. 말려 올라가고 짓눌린, 겨드랑이 부분이 찢어진 몸매가 드러난 발랄한 원피스 안의 엉덩이, 가슴, 팔, 다리, 그 터질 것 같은 살이 내 눈에는 아름답게 보였다. 앉으면 팬티까지, 어둠을 향해 올라가는 신비로운 길이 보인다. 눈을 돌린다.

어머니가 말하는 동안 아버지는 서두르지 않고 식탁을 차린다. 식자재를 다듬고 설거지를 하는 것은 아버지다. 가게에서 술 두 잔을 나르는 사이에, 도미노 게임 두 판을 하는 사이에 하는 것이 더 편하다. 식탁에서는 아버지가 카페에서 들었던 이야기와 어머니의 불평과 협박이 이어진다. 저녁에도 우리만 있는 것이 아니다. 빈 지갑으로 부모님의 허락을 기다리며 간청하는 손님들이, 저녁에 먹을 완두콩 통조림을 찾으러 가는 손과 단호한 거절을 두려워하며 한잔을 더 찾는 손이 있다. «무슨 소리야! 나는 주고 싶지 않았어. 벌써 장부가 찼다고, 언제 돈을 주겠다는 건지.» 내 눈에는 부모님이 강하고 자유로우며, 손님들보다 더 영리해 보였다. 게다가 그들은 부모님을 «사장님, 여사장님»이라고 부른다. 부모님은 좋은 돈벌이를 찾았다. 국수, 카망베르, 식사 후 어두운 가게에서 향기 나는 껌 열 개를 주머니에 넣기 전에, 자러 올라가기 전에 숟가락으로 퍼 먹는 잼, 그 모든 것이 집에, 손을 뻗으면 닿는 곳에 있었다. 부모님은 집에서 사람들을 대접한다. 그것은 파티이고 기쁨이지만, 사람들은 입장료를 지불하고 동전과 지폐로 현금통을 채운다. 바로 여기, 테이블 위, 음식접시와 빵 사이에 현금통이 놓여 있다. 아버지는 지폐를 만지작거리며 침을 묻히고 어머니는 걱정한다. «오늘 얼마 벌었어?» 15000, 20000, 내게는 엄청나다. «우리

가 번 돈이야.» 아버지가 지폐를 멜빵바지 속에 쑤셔 넣
으면, 이제 우리는 두 사람의 놀이를 시작할 수 있다. 싸
움, 미용실 놀이, 노래, 간지럼 태우기, 놀이에 굶주려 흥
분한 나는 이기고 싶어 했다. 나는 아버지의 귀와 볼을
만지작거리고, 아버지의 입술을 주물러서 무섭고 끔찍
한 표정을 만든다. «아무 느낌도 없어, 더해도 돼!» 나는
아버지의 새끼손가락을 밟기 위해 의자 가로대에 몸을
기댄다. 결국 빨개진 손가락의 손톱이 갈라져 까매진
다. «대단하네!» 아버지는 나만큼 크게 웃으며 그저 손
을 문지른다. «아빠, 노래 게임하자!» 내가 목이 쉬어라
노래 한 곡, 〈어느 날 왕비〉를 부르자 아버지가 내 입을
덧옷으로 막는다. «잡혔다!» 어머니는 듣지 않는다. 내
가 앉았던 의자에 다리를 펴고 반쯤 잠이 들거나, 사탕
을 빨면서 『컨피던스ⁱ』를 읽는다. «장난은 그만해!» 가끔
소리를 지르기도 한다. 가장 흥분한 것은 나였다. 저녁
내내, 카페에서 하는 게임들을 봤고 손님들과 함께 웃
었지만, 식사를 마친 후에는 소리를 지르고 팔과 머리
를 누르고 볼이 아플 정도로 간지럼을 태우면서 셋이
서 파티를 마무리하고 싶었다. 손님들을 좋아했고 그
들을 안 보고 살 수는 없었지만, 내가 함께 마음껏 놀

ⁱ 여성 주간지.

수 있었던 사람은 카페의 사장이자 단순한 행동으로 돈을 버는 남자, 바로 아버지였다.

단, 어쩌다 어머니가 소리를 지를 때를 제외하고. 그 것이 올라온다. 떨린다. 달을 향해 짖는 것 같다. 나는 어머니의 비난을 잘 이해할 수 없으나, 아버지의 야심 부족이 문제다. «당신은 하찮은 일에 시간을 너무 낭비해, 늙은 여자처럼 변덕스럽고… 내가 없었다면 쓰레기를 먹고 살았겠지… 돈도 안 내는 이 가난뱅이들을 상대할 바에 공장에 가서 일하는 게 낫겠어.» 어두운 세상이 별똥별로, 부자들과 일렬로 줄을 서서 술을 기다리는 엉덩이들, 접착 고무처럼 깨끗하게 빛나는 공장으로 비틀거렸다. 어머니의 우렁찬 목소리는 내게 복잡하고 어두운 단어들로 인생의 비밀을 누설했다. 어머니만큼 비밀스러운 아버지는 고개를 숙인다. 그는 어떤 몸짓으로 끝나리라는 것을 알고 있다. 바닥에 접시를 던지는 손, 욕설, 그게 전부다! 어머니는 너무 피곤하다고 말한다. 나는 어머니가 옳다고 생각한다. 갑자기 함성, 마찰 소리가 들린다. 10시에 출발하는 마지막 기차가 가까운 역 앞에서 브레이크를 밟는다. «흑마다!» 매일 저녁, 아버지는 우스갯소리로 플랫폼에서 기차를 기다리는, 휴가 중인 군인 이야기를 들려줬다. 잠을 자라는 신호다. 콧김을 내뿜는 기관차가 천천히 떠나다가 루앙, 파리, 대도시를 향해 미친년처럼 질주할 때, 계단 아래에서 원피스와 덧옷을, 위층에서 양말을 벗고, 방에서 잠옷을 입은 후에 침대보 속으로 들어가는 행복… 늙은 흑마는 나의 눈꺼풀 아래, 쏟아지는 잠 속의 빛나는 점들이 되어 사라진다. 당신이 빈털터리가 되면 내게 돌아와요 계단을 오르는 아버지의 노랫소리가 들리자마자, 어머니는 침대 귀퉁이에서 옷을 벗는다. 발아래로 치마, 작업복이 떨어진다. 내게 등을 돌린 채 거들의 단추를 풀고, 잠옷을 입을 때처럼 커다란 동작으로 그것을 벗는다. 어머니가 내 침대로 다가와 말한다. 몸을 숙이면 가슴이 나머지 전부를 가린다. «더워? 오줌은 눴어?» 그리고 아버지는 자신의 양말과 팬티를 당기며 휘파람을 분다. 아버지는 낮에 입었던 셔츠를 입고 잔다. 불이 꺼져도 부모님의 숨소리와 침대에서 몸을 뒤척이는 소리가 들린다. 나는 그들의 숨소리에 맞춰 숨을 쉬어 본다. 너무 일찍 잠에서 깨면 부모님의 침대, 부모님의 냄새 속으로 들어가 그들의 살갗에 몸을 바짝 붙인다. 카페 겸 식료품점은 점점 작아져 담요가 지붕인, 미온의 살결이 벽인 집이 되어 나를 누르고 감쌌다.

지금 내가 위층, 그들의 방, 그들의 침대 속으로 들어

가서 «의사가 그러는데, 나 임신했대. 괜찮을 거야»라
고 말한다면 그들은 발작을 일으킬 것이다. 침대 시트
와 이불을 팽개치며 «우리 침대를 젖게 만들다니, 이 더
러운 년! 이 창녀 때문에 이렇게 고생을 했단 말이야!»
흑마는 철로를 이탈했다. 배를 까고, 내장과 창자를 토
해내기 위해 진통을 기다리며 누워 있다… «당신이 빈
털터리가 되면.»

   그렇지만 어머니는 창녀들을, 창녀들의 이야기를 좋
아한다. 오후 내내 가게에서 물건을 내주며, 공업용 알
코올을 꺼내며 그 이야기를 듣는다. 나는 슬그머니 계
산대 밑으로 기어들어 간다. 아직 열지 않은 카운터 금
고와 색이 바랜 바느질거리, 쓰레기용 낡은 종이상자
가 쌓여 있다. 벨이 울린다. 어머니가 서두른다. 어머니
는 빈 병을 받고, 맞장구를 치고 편하게 해주면서 손님
을 돌본다. 언제나 친절한, 좋은 상인이다. 고함을 지르
는 것은 나와 아버지에게만 해당한다. «오늘 날씨가 좋
아요.» 서로 부딪치는 병들, 저울 쟁반의 구리의 무게.
굵은 소금이 담긴 자루 속 삽의 거친 마찰 소리, 렌틸콩
자루 안의 끈적이는 것들. 방수포 자루에서 굴러떨어
진 감자. 모두 내 머리 위, 계산대 맞은편에서 벌어진다.
«로쉐르 와인이 부드럽다고 하던데.» 웅성거리는 목소

리, 생폴랑[i] 냄새, 라브라도르 커피 향기, 보석처럼 빛나는 푸른색 파리가 춤을 추는, 말라버린 와인 얼룩 자국. 진열대에 놓인 통조림 앞에 별 뜻 없이 천장에서 둘둘 말려 내려온, 캐러멜 향 파리약 밴드, 정면으로 날아든 파리의 날개와 다리가 걸려든다. 대화는 속삭이는 소리가 되고…

«두 달 동안 못 봤나 봐요. 남부끄러워라! 지난달에는 오리 피를 발랐고요. 지하실에서 오리 목을 비틀어 죽이는 바람에 사방이 피였나 봐요» 어머니는 조마조마하며 목소리를 낮춰 말한다. 아마도 내가 거기 있다고 의심하는 듯하다. 손님이 가방을 바닥에 내려놓자, 어머니는 계산대의 자리를 차지하는 종이를 구긴다. 나는 그녀들이 생각지도 못한, 끔찍한 이야기들을 길게 늘어놓을 것이라는 것을 알고 있다. 다른 손님이 올까 봐 불안하다. 이야기가 끊길지도 모르니까. «그건 수치도 아니죠. 그 사내요, 그 여자는 방에 있던 두 사람이 누군지도 몰라요. 한 명은 시장에서 접시를 펼쳐 놓고 파는 사람이고, 다른 한 명은 누군지 모르겠지만…» 바닥에 굴러다니는 터진 상자에서 각설탕 하나를 꺼낸다. 태양이 진열대의 한가운데를 비추자 녹색 껌이 든

---

i 치즈의 한 종류다.

통, 잰(상표) 감초 젤리, 막대 사탕이 환히 빛난다. 빨간색과 노란색이 섞인 술, 천 개의 뒤틀린 다리가 달린, 득실득실한 벌레… 이야기의 조각들이 연결되지 않는다. 어머니와 손님은 자세한 설명을 하다가 말을 끊고 한숨을 짓는다. 나는 그 모호함에 여기저기서 길을 잃는다. «돌아왔을 때 원피스에 얼룩이 있었대요. 전분 같은 얼룩이요. 더 이상 말하지 않을게요.» 마침내 그녀들은 가장 중요한 말을 내뱉는다. «음탕한 년.» 모든 것이 분명해진다. 설탕이 다문 입속에서 녹아 미끄러진다. 소리가 날까 봐 그토록 무서워했는데, 이제 알겠다. 나는 다음 이야기를 기다리며 짧은 숨을 내쉰다. 이 동네에 자신의 거기를 보여주고 싶어 하는 여자아이가 또 있다. 여자아이들에게 그것은 금기다. 두 남자가 여자아이를 만졌다. 방에서, 어쩌면 숲속에서, 밭에서. 각자 손가락 하나씩. 그것을 생각하면 허벅지가 뜨겁고 설탕이 달라붙어 있는 입이 뜨거워진다… 수다는 견딜 수 없게 멈췄다가 다시 시작된다. «그런 일들이 꽤 있어요. 봐요, 새장에서 일하는 바레트요, 시청 뒤에 있는 화장실에서 발견됐잖아요. 놀라지 말아요. 남자애들 세 명과 같이 있었다네요.» 다리 사이로 분홍색 안개, 활짝 핀 거대한 꽃 같은 손. 위에 올라간 귀여운 그가 그녀의 모든 것을 가리고, 그 밑에서 보호를 받는, 부동의 자세의 그녀는 행복하다. 계산대가 진동한다. «생각난 김에 말해야지, 이 병들은 다시 가져가실 거예요?» 그녀들은 내 배를 간지럽히는 속닥거림을 멈춘다. 어머니는 손님을 길까지 배웅한다. 나는 고해실에 있는 것처럼 혼자 남아 그 장면들과 단어들을 중얼거리다가 살짝 웃는다. 아무것도 아니야. 딸꾹질이 나온다. 분홍색 사탕, 박하사탕을 한 움큼 꺼내서 한 번에 대여섯 개씩 깨물어 먹는다. 그 이야기들을 듣고 나니, 향이 뒤섞인 액체가 목구멍까지 가득 차오른다. 내게 스며든, 나를 사로잡은 향기를 느끼며... 허기를 달랠 만한 것은 충분히 있다. 가게는 언제나 만족스러운 유혹이지만 슬그머니 해야 한다. 어머니는 눈치를 챘지만 내버려 둔다. 여기저기서 가져오는 사탕, 한 조각씩 집어먹는 버터, 칼로 비스듬하게 자른 치즈 조각, 눈치채지 못하게, 몰캉하고 노란 치즈는 손가락으로. 커다란 단지에 담긴 머스터드에도 나무 숟가락을 힘차게 찔러 넣고, 눈과 입술을 따갑게 하는 초록빛 조수가 내게 저항하는 것을 본다. 비싼 사탕처럼 금색 종이에 싸여 있는 육수 스톡, 혀끝이 짜고 뜨겁다. 달콤하게 밀려오는 맛, 바나나 한 송이... 겨울에는 바구니 안에 가득한 오렌지 향기와 벽의 곰팡내가 섞인다. 단단할 것 같은 아기 예수 모양의 마시멜로는 입에 넣으면 쫀득쫀득 씹히고, 목에 빨간 리본을 두른 산타 할아버지의 텅 빈 배를 가르기 전에 뒤집었다 엎었다 흔든다. 나는 설탕에 절인, 부드러운 붉은색 체리의 유혹을 견디지 못했다. 셀로판지에 쌓여 있는 그것은 몇 배나 더 빛나 보였다. 누가 오지 않는지 좌우를 살핀다. 두세 개의 끈적한 열매의 즙이 혀에 달콤하게 흐를 것이다. 후회는 없다. 대충 수습해 놓으면 손님들은 알아채지 못할 것이다.

내가 아는 것은 풍족뿐이다. 먹을 수 있는 모든 것은 선반에, 상자에, 포장된 채로, 포장이 되지 않은 채로 있다. 나는 모든 것을 만질 수 있으며, 떼어서 먹거나, 조금씩 갉아 먹거나, 집어 먹을 수 있다. 벽에 걸어 놓은 상자에 고무줄로 고정한 병 속의 은방울꽃, 시프레, 바느질 재료와 향수를 파는 코너에서 강렬한 향을 뒤집어쓸 수도 있고, 토칼롱 쌀가루 상자의 마개나 립스틱 뚜껑을 열 수도 있다. 시럽 같은 포마드, 블루 로자, 옐로우 로자[i]... 시장 놀이는 절대 하지 않는다. 교환할 물건을 상상할 필요가 없다. 모든 것이 풍족하고 공짜이며 내 손가락과 내 입이 닿는 곳에 있다. 식료품점은 카

---

i 향수.

페 다음의 두 번째 세계로, 풍요롭고 다양하며 쾌락이 넘친다.

금지된 것이 많지는 않지만 대부분 첫 손님과 연관되어 있다. 들어올 때는 반드시 인사하기, 손님 앞에서 껌을 훔치다가 걸리지 않기. 아니면 야단을 맞는다. «너 여기서 뭐 하는 거야? 네가 있을 데가 아니야» 손님들을 안심시키기 위해 늘 하는 연극이다. 상점에 산다고 식충이가 되면 안 되니까… 나는 감초 젤리를 한 움큼 쥐고, 아무도 뒤질 수 없는 유일한 곳, 치마 속 팬티 안에 재빨리 감춘다. 온종일 하고 싶은 것을 했다. 부모님은 너무 바빴으니까. «애들은 놀아야 해요» 혼자서 하는 놀이 그리고 친구들과 하는 놀이…

나는 마당에 두 개의 탑으로 쌓아 올린 병 박스 사이에서 룩셈부르크 라디오의 모든 방송을 흉내 낸다. 감자 자루는 나의 커튼이고, 병들은 나의 청중이다. 〈어느 날의 여왕〉, 환상적이다. '이 모든 불행들, 이 모든 선물들'… 나의 원대한 꿈, 타이피스트를 연기한다. 귀걸이를 하고, 하이힐을 신고, 몇 시간이고 낡은 종이박스를 두드린다. 그렇지 않으면 벽에 세워 둔 아버지의 자전거 페달을 끝도 없이 밟아, 파리, 보르도, 언젠가 가게 될 모든 도시를 달린다. 나는 식전주와 와인을 보관하는 창고에서 병에 둘러싸여 약사가 된다. 다락에서 프리 마돈나가 된 나는 들보에 부딪히고, 발로 밟아 다진 흙 위에서 비틀거리며, 녹이 슨 거울 앞에서 넘어진다. 치마가 배 위까지 올라간다. 매우 뜨겁고 붉은, 작고 둥근 것 위로…

단짝 모네트 그리고 클로파르 동네 아이들과 하는 놀이. 시작은 늘 집 짓기 놀이다. 오래된 냄비, 찢어진 천, 침대나 벽장을 만들 나무 상자를 열심히 찾는다. 저녁은 이가 빠진 접시에 치즈 조각, 건포도, 누가, 캐러멜을 모두 넣고 섞어서 간단히 먹는다. 친구들의 즐거운 비명. 그 아이들에게서 우월감을 느낀다. 카페 겸 식료품점을 하는 집의 딸… 장사를 준비하며 보내는 오후. 놀지 않는다. 싸움이 일어난다. 장을 보러 온 친구의 어머니가 자신의 딸을 쫓아낸다. 또는 카페에서 구경거리가 생기거나… «마르땅 아버지 좀 봐. 취했어. 침을 뱉자.» 나는 아이들에게 집에서 볼 수 없는 것들을 보여준다는 것이, 아이들이 술 취한 아버지에게 할 수 없는 일들을 하게 해 준다는 것이 자랑스럽다. 창고 뒤에서 침 뱉기, 마르탕 아버지에게 누가 더 침을 잘 뱉을까. 비틀거리며 떠나는 그는 자신의 양털 외투가 둥근 침으로 반짝이는 것을 보지 못한다. 우리는 자주 술에 취한 남자들을 연기한다. 서로 몸을 부딪치며 소리를 지르고 주먹을 날린다. 아내를 때리고, 아내에게 입에 담기 힘든 욕을 하는 사람들이다. «이야! 더러운 년, 창녀.» 모네트는 손을 내젓다가 끔찍하다는 듯이 입을 막는다… «무슨 뜻인지 알고 말하는 거야? 어디 한번 말해 봐! 말해 보라고!» 나는 지어낸다. «결혼도 하지 않았는데 아이가 있는 여자!» 모네트는 고개를 젓는다. 모네트가 입을 가리고 내 귀에 끔찍한 말을 속삭이고, 나는 그 말을 다시 다른 여자애들에게 전달한다. 여자애들은 얼굴이 발개져서 바닥에 주저앉는다. 우리는 그것에 대해 알고 있는 모든 것들, 비밀스러운 이야기들, 놀랍도록 세부적인 것들, 한 번도 본 적 없는, 비밀을 품은 어른들의 몸짓을 이야기한다. 우리는 그 몸짓을 무겁게, 막연하게 흉내 낸다. 모네트가 자랑스럽게 내미는, 이제 막 나기 시작한 검은 털 앞에서 갑자기 물컹한 비누를 잡은 것처럼 깜짝 놀라며 손을 들어 올리고 눈을 번쩍 뜬다. «넌 좋겠다!» 저녁이 되면 여자애들은 아버지가 카페에서 나가면서 집으로 데려가거나, 우유를 사러 온 어머니를 따라서 하나씩 돌아간다. 그 애들은 방수포로 된 가방을 들어야 한다. 이제 길에 차가 거의 다니지 않으니 식료품점의 벽을 따라 공을 던지고, 그림책을 넘기고, 상자 위에 올라가거나, 사료를 주로 닭장에 가는 일이 남았다. 행복한 나날들이었다.

«드니즈, 나 이제 너랑 안 놀 거야.» 모네트가 소젖 같은, 숱 많은 짙은 갈색의 곱슬거리는 머리카락으로 얼굴을 가리며 떨어져 앉는다. 그 애는 핀을 꽂은 마개에서 실을 골라내 엮는다. 땋은 실이 무릎 위에 길게 늘어져 있다. 화가 난 모네트는 나와 말하려고 하지 않는다. 나는 그 애 주변을 맴돈다… 늘 윤기 나는, 찰랑대는 양 갈래 머리카락. 내 머리카락은 뻣뻣하다. 그 애는 내게 혓바닥을 내밀고, 양 갈래로 묶은 머리카락이 서로 부딪치며, 점점 더 윤기 있어 보이는 그 검은 것이 나를 놀린다. 내게는 그 곱슬머리 뭉치밖에 보이지 않는다. 나는 그 애에게 달려든다. 내 손에 가득 쥔 그것이 작고 끔찍한 뱀처럼 미끄러진다. 나는 그것을 꼬고 잡아당긴다. 희열을 느끼며 헝클어 놓는다. «네 머리털 좀 봐!» 그 애는 입을 벌린 채 꼼짝도 하지 못하고 소리만 지른다. 당겨진 피부가 이마 주위에 작은 산 모양을 만들고, 모근 사이에는 노란 부스럼이 구불거린다. «네 머리카락 너무 더러워!» 나는 한 가닥만 빼고 잡고 있던 것을 모두 놓는다. 그 한 가닥을 당기고 또 당기다가 모네트가 원피스 속에 꽂아 놓은 가위를 잡는다. 작은 머리카

락 뭉치가 내 손에 남아 있다. 꼼짝하지 않고, 죽은 채로… «너희 엄마한테 이를 거야!» 모네트는 소리를 지르며 달아난다. 나는 양 갈래로 묶은 곱슬머리 사이, 목에 생긴 하얀 틈을 본다. «자라려면 시간 좀 걸릴 걸! 넌 한동안 못생긴 채로 있어야 할 거야!» 그러나 무섭다. 아버지, 어머니가 달려올 때까지 기다리지 말고 어서 화장실에 숨는 게 좋을 것이다. 나는 오래 묵은 똥으로 가득 찬 시커먼 변소 위에서 머리카락 뭉치를 천천히 흔든다. 똥물이 스며들자 그것을 놓아버린다. 몸통이 잘린 커다란 지렁이처럼 머리카락이 떠 있다. 문에 있는 마름모꼴 구멍을 주시하면서 두려움과 만족감으로 심장이 뛰는 소리를, 그 애가 변소 구멍으로 머리카락을 찾으러 오는 소리를 듣는다…

평범한 날들 사이 사이의 일요일, 금과 은… 남자들, 여자들, 10시 미사에는 모두가 빛난다. 구름 속에 떠다니는 흰색 사제복을 입은 두 남자가 기울어진 고개를 흔든다. 그들은 구름 위를 걷는 것 같다. 연기로 된 날개를 단 것 같다. «교회에서는 잡담하면 안 돼!» 어머니가 말한다. 몸에 딱 맞는 아름다운 검은색 투피스에 분홍색 코사주를 달고 향수를 뿌린 모습이 우아하다. 무릎이 아프고 허벅지에는 경련이 일어난다. 교회에는 언제나 쾌락과 고통이 있으며, 너무 슬프고 너무 느린 노래는 전혀 이해되지 않는다. 십자가에 못 박힌 예수의 상처를... 사람들은 입을 벌리고 나면 다물 줄을 모른다. 저는... 의심 없이... 연기를 흔드는 이들 중 가장 큰 사람이 뒤를 돌아봤다. 그는 하얀 사제복을 입은 수많은 사람들을 형형색색으로 그린 타일의 그림과 닮았다. 《선하신 예수님께 기도합시다.》 나는 흰옷을 입은 커다란 남자를 계속 바라보며 깊숙한 내면의 기도를, 죄인의 기도와 내가 좋아하는 열매의 기도를 되찾으려 한다. 이마와 입술, 블라우스에 성호를 긋다가 몇몇 지각한 사람들을 보며 웃는다. 나는 어떻게 행동해야 하는지를 안다. 무릎을 꿇고 앉는다. 아는 사람이 아무도 없어서 서운하다. 손님들은 미사에 오지 않으니까. 지금 카페는 이미 손님들로 가득 차 있고, 아버지는 그들을 상대하고 있을 것이다. 아버지 역시 미사에 오지 않는다. 가끔 몇몇 손님들이 만성절, 부활절 일요일에 성당의 구석에 앉아 있을 때도 있다. 《르쉬르 엄마, 안녕하세요. 니니즈, 일요일 원피스를 입으니까 정말 예쁘구나!》 나는 행복에 겨워 몸을 반듯하게 세운다. 그 여자들은 늘 가장 못났다. 모네트도 마찬가지다. 나는 사람들이 노래하는 동안 앞에 있는 사람들의 목덜미를 보는 것을 즐긴다. 작은 주름들, 금색 털, 묶은 스카프, 커다란 조개처럼 핀으로 돌돌 말은 머리카락… 안쪽에 있는 탁자를 향하는 여자들의 행진… 그녀들은 입술을 앙다문 채 돌아온다. 어떻게 그녀들은 입 밖으로 흰 종이를 내보이지 않고 삼킬 수 있는 것일까. 언젠가 모네트와 이 놀이를 할 것이다. 와인 잔을 들고, 세탁물에서 꺼낸 잠옷을 긴 가운으로 삼아, 연기 대신 밀가루로…

미사가 끝나면 우리는 제과점에 갈 것이다. 섬세한 머랭그를 단번에 깨물어서 부서뜨리면, 혓바닥에 크림이 터져 나온다. 딸기 타르트, 작은 조각배 위에 꾹꾹 채워 넣은 빨갛고 작은 언덕. 어떻게 그것들을 삼키지 않고 입안에 그대로 둘 수 있을까, 계속되는 케이크를 향한 열망… 입안에 군침이 돈다. 느릿한 걸음으로 행렬이 퇴장하고 나면, 커다란 소년이 성자처럼 지나간다. 다음 주 일요일에는 어머니에게 더 높은 곳으로, 푹신한 기도대가 있고 연기가 거의 얼굴로 쏟아지는 곳으로 올라가자고 할 것이다. 교회, 나는 그보다 더 아름답고 깨끗한 집을 본 적이 없다. 그곳에서 밥을 먹고, 잠을 자고, 늘 머무르고, 오줌을 쌀 수 있다면, 각자 누울 수 있는 큰 벤치를 하나씩 갖고, 통로에서 자전거를 타고, 기둥 뒤에서 숨바꼭질을 할 텐데. 오직 친구들과, 우리를 입히고 먹이고 우리 곁에 누울, 긴 사제복을 입은 소년 들만 있을 텐데…

우리는 클로파르 길로 돌아온다. 반짝이는 거울의 커다란 상점들이 줄지어 있는 중심가를 지난다. 어머 니는 몸을 곧게 세우고 눈길도 주지 않고 간다. «우리보 다 물건이 더 좋은 것도 아니야. 우리 손님들을 가로채 가는 거라고. 잘난 체하는 놈들» 그러고 나면 레퓌브리 크 길이 나온다. 잔디 위에 굴러다니는 게 아무것도 없 는 조용한 빌라들. 슬프다. 아는 사람이 아무도 없다. 번 쩍이는 보도블록이 눈에 확 띈다. 클로파르 길은 멀리, 거의 도시를 나가는 길에 있다. 조금씩 집이 낮아지고, 생라파엘, 브리앙트 에클립스 포스터가 나온다. 부모님 의 경쟁자인 보토 카페에서는 이미 술 취한 사람들이 나오고 있다. «저것이야말로 불행이지! 아침 11시부터 사람들 주머니를 털다니!» 내 부모만이 좋은, 올바른 카 페 경영자다. 나는 보토의 끔찍한 외관을 경멸의 시선 으로 바라본다. 내 부모님은 그들보다 훌륭하다. 부모 님은 술을 적당히 주고, 억지로 마시게 하지 않는다. 거 리에 활기가 생긴다. 발이 빠지지 않게 훌쩍 넘어야 하 는 도랑, 물이 나오게 하려면 온 힘을 다해 눌러야 하는 분수대, 다리가 없는 남자, 목까지 내린 덧창, 지하실 앞,

기어 올라가야 하는 석탄 더미, 나는 불안정한 그곳을 하늘색 원피스를 입고, 하얀 장갑을 낀 손에 성경책을 들고 겁을 먹은 채로 올라간다… 자전거를 파는 곳에 머리를 박고 있던 자전거 수리공이 우리가 지나가는 것을 본다. 그는 언제나 쭈그리고 앉아서, 장도리와 펜치를 들고 코를 치마 밑으로 바짝 가져다 댄다. 《늙은 변태!》 어머니가 중얼거린다. 그는 눈을 가느다랗게 뜨고, 위로 올라갈수록 검은 재봉선이 넓어지는 어머니의 스타킹을 뚫어지게 쳐다본다. 어머니는 조금 더 떨어진 곳에서, 걸음을 멈추고 마주치는 모든 손님들, 특히 우리 가게 물건들로 가득 찬 가방을 든 손님들과 수다를 떤다. 마침내 집에 돌아오면 익숙한 환영을 받는다. 《르쉬르 엄마가 신부님을 만나고 왔다고 사장에게 말해야겠어!》 어머니는 재빠르게 나를 데려가 일요일에 입는 옷을 벗긴다. 첫 번째 성자의 날이 끝났다.

또 다른 이들도 있었다. 점심부터 아버지는 요양원에서 외출을 나온 늙은이들과 근처의 농장 사람들, 일요일에도 공사장에 남아 있는 사람들을 위해 쉬지 않고 슈크루트와 카술레, 돼지 지방을 넣은 렌즈콩 요리, 기름에 절인 정어리와 화이트 와인에 절인 고등어 통조림을 연다. 나는 여기저기서 토마토소스가 묻은 콩

한 숟가락과 끈적이는 내장 한 조각, 식은 소시지 반 개를 냄비에서 바로 꺼내 먹고, 그렇게 먹고도 저녁으로 구운 고기와 포크로 녹색 늪을 만들어 버린 완두콩 요리를 해치운다. 어머니가 과자 상자를 식탁에 가져오면, 나는 쓰러질 것 같은 모카 크림 봉오리와 아몬드 가루, 분홍색 아라베스크 장식 앞에서 먹고 싶은 욕망에 또다시 침을 삼키고 만다. 다른 맛이 아닌 오직 부드럽고 향기로운, 가끔씩 바삭한 즐거움만 느낄 수 있도록 물 한 잔을 가득 삼켜 고기와 콩을 밀어 넣는다. 부엌문 사이로 우스운 얼굴이 기어들어 온다. «입맛이 좋아?» 그러나 어머니는 과자 위에 냅킨을 던질 겨를은 있었다. «아무도 탐을 내서는 안 돼!» 그 이후에는 먹는 기쁨이, 냅킨의 거친 실에 걸린 크림을 핥아 먹는 기쁨이 두 배가 된다. 15년 전, 드니즈 르쉬르의 예측 불가능했던 일요일의 기쁨들. 어머니는 가게의 덧창을 닫고, 아버지는 옷을 잘 차려입은 도미노 게임 참가자들과 함께 자리를 잡는다. 내 땋은 머리는 커다란 리본으로 정수리에 묶여 있다. 원피스에는 소스 얼룩이 아직 몇 군데밖에 없다. 어머니가 세수를 하고 머리카락까지 다시 분을 바르는 동안, 나는 박스를 비운 마당에서 기다린다. 일요일이다. 아무것도 하지 않아서도 안 되고 몸을 더럽혀서도 안 된다. 나는 벽을 따라 한 발로 뛰면서, 게임을 하는 이들이 소리치는 것을 듣는다. «굼벵이! 흰색이야! 어차피 없으니까 잃을 것도 없어!» 주방에서는 스포츠 라디오 방송이 나오고, 하늘에는 비행기가 지나가고, 어머니는 세수하고 난 물을 밖에 버린다. 나는 다섯 살, 여섯 살이었다. 머리에서부터 발끝까지 행복했던 드니즈 르쉬르... 가게, 카페, 아버지 어머니, 모두가 나를 중심으로 돈다. 클로파르 길의 여자애들과 비교하며 이 모든 것들을 가지고 태어났다는 사실에 놀라고, 그런 생각을 한다는 것에, 그것에 대한 이유를 찾는다는 것에 놀란다. 나는 혼자 빙글빙글 돈다. 땅이 흔들리고, 나는 회색 원 안으로 다가간다. 벽이 쓰러진다... «원피스!» 어머니가 내 엉덩이를 때린다. 이제 몇 달치 외상값이 밀린 촌뜨기들을 보러 가야 할 시간이다. 그들은 아프거나 팔 혹은 다리가 하나씩 부족한 사람들이다. 다리가 썩은 쉐드뤼 어머니, 하반신이 마비된 라졸의 딸, 그녀는 교구 순례자들과 루르드[i]에 두 번 다녀왔다. 작은 랑부르는 얻어터진 얼굴 때문에 카페에 통 나타나지 않는다. 보행로가 없는 비뚤비뚤한 길, 벽을 따라 흙이 묻은 더러운 옷, 말라비틀어진 개똥, 모든 형

---

i 프랑스 남서부 지방의 도시, 대성당으로 유명한 도시다.

태의 것들, 접시 조각들이 굴러다닌다. «여기» 어머니
가 중얼거린다. 미사 때와 비슷할 것이다. «르쉬르 어머
니!» 그는 거의 울다시피 웃는다. «쉐드뤼 어머니는 어
때요? — 거기 그러고 서 있지 말아요! 안사람은… 안사
람은… 묻지 말아요…» 얼굴이 노랗게 뜬 여자가 큰 침대
에서 우리가 오는 것을 뚫어지게 본다. 그리고 그녀는
입을 벌린다, 숨을 잘 못 쉰다. 그녀가 웃는다, 침대보를
끌어당기며 웃음을 멈추지 않는다. 두 개 남은 윗니가
보인다. 공깃돌 같다. 너무 행복해 보여서, 숨바꼭질을
하기 위해 침대에서 펄쩍 뛰어 재주 넘기를 하고 구석
에 틀어박힐 것만 같다. 그녀가 급하게 셔츠를 벗는다.
엄청나게 크고 시커먼 구멍이 있어서 고기가 그 안으
로 빨려 들어갔다. 어머니는 몸을 기울인다. 노인도 마
찬가지다. 그는 곧 끔찍한 것을 꺼낼 것이다. 깊은 곳에
숨은 꽃게, 설탕 자루 밑에서 볼 수 있는 개미 같은 것.
그러다 갑자기 방귀 냄새, 배추 삶는 냄새가 난다. 그 여
자의 다리. 늙은 여자는 셔츠를 위로 더 올리며 안절부
절못한다. 그녀의 허벅지 사이로 커다란 마른 오줌 자
국과 가장자리가 더 진한 그림, 자수가 펼쳐져 있다. «
어머니, 괜찮아질 거예요.» 노인과 어머니가 돌아선다.
늙은 여자는 접힌 침대보를 보자마자 다시 끌어당기며

횡설수설한다. 어머니는 서둘러 가방에서 커피, 비스킷, 칼바도스 한 병을 꺼낸다. 다시 웃음이 터지고, 노인도 함께 웃는다. 물건에 차마 손을 대지 못하는 그에게 어머니는 물건을 들이민다. «이러지 않으셔도 되는데!» 나는 우리가 이렇게까지 했으니 앉아서 이곳저곳을 구경해도 된다고 생각한다. 노인은 다림질을 하고 있었던 모양이다. 탁자 끝에 천이 펼쳐져 있고 가마 구석에 다리미가 있으며, 그 옆에는 커피메이커가 있다. 행주를 줄에 널어 말린다. 노인은 방에 있던 요강을 감출 시간이 없었다. 뭘 좀 먹을까요? 그럴 수는 없을 것 같다. 노인은 컵을 꺼내려고 찬장을 열었고, 그 안에는 아무것도 없다. 사탕도, 통조림도. 나는 매우 실망해서 아무것도 주지 않는 노인을 원망한다. «나가서 돌아다녀!» 어머니가 내게 속삭인다. 어머니는 노인과 이야기를 하고, 늙은 여자는 눈을 뜨고 자는 것처럼 보인다. 나는 이미 방의 반대편, 병으로 채워진 두 개의 신반 앞에 섰다. 각기 다른 크기의 병들, 와인병, 시럽, 병의 주둥이가 너무 작아서 새끼손가락을 넣을 수 없는 콜로뉴 향수병. 커다란 뚜껑이 있는 납작한 병, 긴 병, 주둥이가 울퉁불퉁한 녹색 병. 거의 둥근 모양의 병들 중 하나는 짧은 목이 위로 올라갈수록 넓어지다가 밖으로 말린다.

모두 차갑다. 나는 먼지를 닦아내고, 병 속에 하얀 김이 차오를 때까지 입김을 분다. 오줌이 무척 마렵다. 누군가가 나를 보고 있으면 안 되는데. 내가 몸을 돌리자 늙은 여자가 맥없는 눈으로 나를 바라보며 치아 두 개를 내민다. 늙은 여자는 머리를 흔들며 다시 웃기 시작한다. 모르겠다. 왠지 볼 안쪽을 먹으면서 «그래, 잘한다. 재미있게 노는구나. 아주 잘하고 있어»라고 말했던 것 같다. 저 여자가 눈치를 챈 것인가? 어쩌면 그녀도 병 안에 똑같은 짓을 했는지도, 지금 오줌을 싸고 싶은 것인지도 모른다. 치아는 덜렁거리고, 혀는 한가운데에... 손가락 사이에 있는 병과 어쩌면 모든 것을 알고 있는지도 모르는 늙은 여자가 나를 불편하게 만든다. 어쩌다 그랬는지 모르겠지만 병이 깨졌다. 병 조각들이 반짝이는 꽃처럼 노인의 의자를 둘러쌌다. 엄마는 화가 나서 자리에서 일어나 조각들을 모두 줍기 시작한다. «괜찮아요. 가세요. 팔아버린 화장대 위에 있었던 거예요.» 늙은 여자는 침대에서 몸을 뒤흔든다. 그 여자는 우리가 병 조각들을 다시 붙이길 원하지만 아무도 말을 듣지 않는다. «나 오줌 마려워!» 엄마는 화장실이 있냐고 묻는다. 마당에, 아니면 방 귀퉁이에 있는 요강에. 늙은 여자는 내가 나가는 것을 보며 고개를 흔든다. 밖에 나가자 더는 오줌이 마렵지 않다. 철장으로 된 토끼 우리가 마당 벽에 기대어 있고, 다른 쪽 벽에는 장작이 차곡차곡 쌓여 있다. 벽을 타고 자라는 배나무도 있는데, 배가 세 개, 네 개, 다섯 개밖에 열리지 않았다. 그 네모 안에 갇혀 멀리서 들려오는 높고 낮은 소리들을 듣는 내 모습을 본다. 어머니와 노인의 목소리 그리고 늙은 여자의 방울 소리… 카페의 축제와는 무척 다르다. 요즘 아버지는 도미노 게임에서 이긴다. 장작더미 위를 기어오르며 생각한다. 쉐드뤼 아버지와 어머니는 방이 하나밖에 없고, 어머니는 그들에게 아무 대가 없이 먹을 것을 가져다준다. 우리는 그들보다 잘 산다. 그들의 찬장에는 아무것도 없다. 더럽다. 노인이 어머니가 오는 것을 반긴다는 것을 알 수 있다. 그는 쉬지 않고 말하고, 어머니는 그의 말에 귀 기울인다. 어머니는 매우 친절하다. 만족스럽다. 나는 이곳에서, 드니즈 르쉬르로 있는 게 좋다. 오줌으로 채운 병들 사이에서 드니스 쉐드뤼가 되는 일은 상상할 수도 없다. 내가 배 한 개를 훔치면 저 늙은이는 뭐라고 할까? 우리가 가져다준 것을 생각하면 아무 말도 못 하겠지. 엄지로 누르면 단단하지만, 손톱을 찔러 넣거나 껍질 한 조각을 떼어내면 단물 한 방울이 나온다. 일단 그 늙은이가 내게 배 하나를 줬으면 이런 일은 없었다. 가진 것이라고는 그것밖에 없지 않은가! 한입에 베어 문다. 아삭하는 소리가 난다. 나는 배를 완전히 따버리지 않으려고 참는다. 단단하고 시다. 그 늙은이가 내게 배를 줬다면 훔치지 않았을 것이다. 배나무는 저절로 자라지 않는가. 게다가 어머니가 그에게 커피와 술을 줬다. 배는 공짜나 다름없다. 입안에 있는 배 조각이 생각보다 더 쓰다. 배가 가운데에 구멍이 난 채로 매달려 있다. 늙은이는 티티새가 배를 먹은 것으로 생각할 것이다. 가장자리에 내 잇자국이 보이는데, 하나를 다 먹는 게 낫지 않을까. 꼴 좋다. 그들에게 좋은 교훈이 될 것이다.

르쉬르 카페 겸 식료품점으로 돌아오는 길, 클로파르 길 위쪽에 들어서자마자 노란색 덩어리가 보인다. 그것이 점차 문 때문에 둘로 갈려진 커다란 글자 '카페'로 보이기 시작할 때, 나는 어머니에게 질문을 퍼붓는다. 쉐드뢰가 누군데 저기에서 살아? «촌사람들이야, 파리 한 마리도 못 잡는 착한 사람들이지. 부인의 머리랑 다리가 멀쩡할 때는 단골이었어. 와인을 엄청 많이 사 갔어. 일요일에는 게를 샀고. 이제는 콘비프나 포르트살뤼[i]를 사가는 게 고작이지만. 그런 사람들도 있는

---

i 치즈 상표명.

거야. 그렇다고 무시하면 안 돼.» 어머니는 빠르게 걸으면서 내게 많은 이야기를 한다. 어머니는 분명 만족하고 있을 것이다. «저 사람들이 우리를 먹여 살린 거야, 알겠지. 다른 가게에서 물건을 사지 않고 항상 우리 집에서 샀단다.» 나 역시 쉐드뤼와 오후, 구멍 난 다리에 만족한다. 그것은 마치 색색깔의 설탕과 캐러멜이 담긴, 조개의 벌어진 입과 같았다. 내가 공중에 씨를 뱉고 있을 때 배나무 위로 구름들이 지나갔다. 나는 배를 잘 돌려서 철책 구멍으로 넣어 토끼에게 줬다.

마비가 온 라졸의 일요일, 다이닝 룸 식탁에 인조 셀룰로이드 꽃과 루르드를 상징하는 나무껍질, 밤에 빛이 나는 무서운 성모상, 그리고 성수가 채워진 또 다른 성모상. 어머니는 그녀에게 자신이 읽었던『컨피던스』를 가져다준다. 늙은 어머니, 라졸은 엄지손가락을 잃었다. 그녀는 언제나 결핵 환자와 결혼한 딸에 대해 말했고, 그가 자식들에게 병을 옮길 것이라고 했다. 늘 나른 슬프고 불행한 이야기가 있던 일요일, 컬러로 된 아름다운 장면들… 수건 전체에 피를 토한다, 눈을 뜨세요, 부인, 눈을 떠요, 반이 먹혀 버린 그 엄지 조각, 거짓말이 아니에요, 냄비처럼 초록색이라니까요. 내게는 절대 일어나지 않을 먼 불행이다. 그런 불행을 위한 사람들은 따로 있으니까. 병에 걸린 사람들, 고작 50프랑으로 파테를 사는 사람들. 어머니는 파테를 덜어낸다. 어쩔 수 없다. a, b, c, d, 겨울에는 콧물을 흘리고 다니는, 신발 끈을 제대로 묶지 않은 노인들. 그것은 그들의 잘못이 아니다. 우리의 잘못도 아니다. 그냥 그런 것일 뿐, 나는 행복했다. 봄날의 오렌지 빛깔 일요일, 햇볕에 마르고 있는 빨랫줄의 빨래들, 꼬꼬댁 우는 닭들. 나중에 학교에서 그 멍청한 늙은 년이 말했다. «오늘이 무슨 요일인지 쓰지 말아요. 그건 정말 잘못된 거예요.» 그러나 나는 머리끝에서 발끝까지 일요일이었다. 더럽히면 안 되는 원피스를 입고, 입술은 크림과 상상의 면병[i]으로 부풀었다. 모든 것을 좋아했다. 기름에 절인 청어리, 어머니가 환장하는 실내화를 신고 모자를 쓴, 보기 흉한 늙은이들을 찾아가는 일, 모든 것이 좋았다.

오늘 어머니는 또 교회에 가서 내 시험을 위해 기도를 중얼거렸을 것이다. 어머니는 당신의 딸이, 당신의 하나뿐인 딸이 임신하지 않게 해달라고 기도하는 것을 잊었다. 아니 어쩌면, 그 끔찍한 일을 너무 두려워한 나머지 기도를 했을지도 모르지. 오늘 아침, 노인들과 실내화를 신은 여자들이 장을 보러 왔을 것이다. 라니에

i 미사 때 성체를 이루기 위하여 쓰는 밀떡.

르 아버지도 월급을 받았다면 왔겠지. 그는 늘 외상이
남아 있었으니까. 별도리가 없다. 지금 그곳을, 그 사람
들을, 손님들을 떠올리는 것이 역겹다. 나는 더 이상 그
들의 세계에 있지 않으며, 그들과 어떤 공통점도 없다.
그렇지만 나는 일곱, 여덟 살까지, 블라우스를 입고 장
을 보러 와서 치즈가 잘 숙성됐는지 보려고 까망베르
안에 다섯 개의 손가락을 집어넣는 그들과 닮아 있었
다. 말투가 상스러운 사람들, 변태들, 쭈그리고 앉아 그
들의 낯짝 위에 오줌을 갈길 것이다… 여름, 셔터를 내리
면, 연기, 씹는 담배, 물러진 토마토 사이로 나오는 니니
즈 르쉬르… 아기 고양이처럼 눈을 떠서 세상을 보는 행
복, 모두 가져야 할 것들이었다. 내가 좋아했던 것들, 내
가 감탄했던 것들을 떠올리는 것이 역겹다 할지라도.
세상은 그곳에 있었다. 허기와 갈증 그리고 만지고 싶
고 찢고 싶은 욕망의 수천 개의 조각들로, 질기고 수다
스러운 끈으로 엮인 채, 나, 드니즈 르쉬르, 나는… 가게
앞 얼어붙은 개울에서 모네트와 함께 미끄러지다가 서
로에게 포개어 넘어진다. 불타는 입은 지붕에서 돌돌
말려서 내려오는 거대한 고드름, 그 겨울의 맛 대신에
석류 시럽을 마시며 감탄하기를 꿈꾼다. 부서진 선글
라스를 코에 걸치고, 검은 대지 위, 시커먼 열기 속에서

비틀거리며 나오는 회색 머리의 남자들을 바라본다. 붙어 있는 서로의 다리가 너무 거북하다. 빈 상자 사이에 찢어진 담요로 만든 내 텐트 밑에 누워야 한다. 파리들이 힘없이 병 속으로 들어와, 밑바닥에 남은 와인에 빠져 죽는다. 때때로 내가 컵 속에 가둔 말벌이 유리관 속에서 천천히 곡선을 그리다가 질식해 죽는다. 가을, 목을 간지럽히는 목도리, 너무 조이는 양말, 저녁 하늘 위로 붉게 물든 자국. 줄을 더 빨리 돌려! 하나에, 둘에… 내 남편은 어떤 단점이 있는 사람일까, 술고래, 절름발이, 심술쟁이, 찌질한 사람일까! 줄에서 획획 소리가 난다, 다시 내 차례야, 애들아. 하나, 둘, 셋, 어린 병사들, 넷, 다섯, 여섯, 훈련하는 병사들. 카페로 돌아온다. 달라붙은 옷이 간지럽다. 코트를, 신발을 벗어 아무 데나 던진다. 소녀는 모든 것을 누린다. 간단한 저녁을 먹는 아버지의 접시에 누운 절인 청어에 달려든다. 정향을 찔러 넣은 양파가 살살 녹는다. 그리고 혀 밑에서 나는 신맛… «남겨 놔, 딸! ― 한 조각만 더 줘.» 싸움과 웃음, 빨간 실을 수놓은 듯한 어백[i]을 손에 살포시 쥐어 가져간다… 그리고 그것을 숟가락 끝으로 젖은 종잇장 같은 얇은 막을 걷어낸, 유리잔에 담긴 식은 카페오레에 붓는

---

i 물고기 수컷의 배 속에 있는 흰 정액 덩어리.

다. 토요일 저녁에는 일주일에 한 번 몸을 씻는다. 여름에는 목소리와 고함이 들려오는 카페 위, 다락방에서. 토요일은 급료를 받는 날이기 때문이다. 겨울에는 주방의 계단 아래, 냄비를 두는 골방의 비눗물이 담긴 대야 안에 들어가 몸, 치아, 거기를 모두 같은 물로 씻고 헹구지 않는다. 그리고 어머니는 비누가 녹아 있는 그 물을 다시 타일을 닦는 데 쓴다. 나는 화덕 앞에서 행주를 넣어 둔 서랍에 발을 넣고 몸을 말린다. 손님들은 열려 있는 문틈으로 니니즈가 잠옷 차림이라고 말하지만, 나는 오줌이 나오는 곳 주변을 빼고는 아무것도 보이지 않게, 천의 앞뒤 끝부분을 잘 잡아당겼다. 나는 그들의 보라색이 된 얼굴들을, 그들의 웃음을 보며 매주 토요일마다 내가 자라나고 있음을 깨달았다. 서둘러! 팔레 루우얄은 멋진 동네야. 모든 젊은 여성들이 그곳에서 결혼하지. 마드무아젤 드니즈는 장피에르 씨가 가장 사랑하는 여자야. 그는 그녀와 결혼하길 원하지. 금빛, 분홍빛 피부, 생각에 빠진 10살짜리 여자애는 예배 시간 내내 꼼짝하지 않는다. 예배가 끝나자 어머니는 소리쳐 이름을 부른다... 결혼을 했고, 수줍음이 많아서 식전주를 마시러 카페에 들어오지 않는 르드윅의 딸과 마르땅 아버지의 딸은 성모인 척 굴다가, 어린아이가 원피스에 카시스 시럽을 탄 물을 엎지르자 소리를 지르며 일어난다. 성채 배령자들, 키가 크고 빼빼 마른 여자들, 블라우스 속에 뽕 두 개를 넣은 것이 어린 신부들 같다. 그녀들은 부모님들과 함께 우리 카페로 와서 파티를 마친다. 나는 바라봤다. 얼굴을, 작업복을, 어르신들의 싸구려 덮개를, 와인에 절인 파리들을, 그릴에 구운 훈제 청어를, 신비하고 성스러운 털들을… 나는 만졌다. 손바닥이 치즈에, 5일이 지난 양잿물 통의 끈적이는 표면에 달라붙었다. 잼이 흐르던 손가락, 그 작은 참견쟁이들… 영원히 무한한 재능을 가진 내 몸의 작은 여왕, 단단한 장딴지와 허벅지가 내가 만든 그 매듭을 가둔다. 비교할 수 없는 행복이다. 클로파르 길의 소매상, 르쉬르 부부. 외동딸, 드니즈. 어떻게 이렇게 끝날 것이라고 짐작할 수 있었겠는가? 와인 창고의 거울에 내 그곳을 보여주며 상상의 시선에 흥분했을 때, 나는 아무것도 의심하지 않았다. 잊기 위해 침을 뱉고, 구토한다. 내 안의, 내 뱃속의 죽은 생명을. 언제, 어떻게, 스스로에게 묻지만 아직 답을 찾지 못했다.

자선 바자회가 열리던 날이었다. 연극의 한 장면을 봤다. 은색의 커다란 상자가 놓여 있었고, 나는 아버지와 어머니에게 기대어 있었다. 한 여자가 춤을 추며 미소를 짓다가 갑자기 상자 안으로 들어갔다. 남자들이 뚜껑을 덮고, 진짜 바늘꽂이처럼 상자에 칼을 꽂아서 구멍을 내기 시작했다. 나는 여자가 거기서 나온 것을 봤었는지 기억나지 않는다. 서로 부딪치는 칼들, 배를 향해 직진, 신장으로 비스듬히, 모든 칼끝이 털 위에서 만난다. 클로파르 길로 돌아오는 길, 나는 무서웠고 부모님이 내 손을 잡아주었다. «다 장난이야, 그럴 거 없어…» 나는 내 곁에서 앞으로 향하는, 풀이 잔뜩 붙은 아버지의 커다란 신발을 봤다. 어머니는 파란색 줄무늬가 있는 예쁜 원피스를 입고 있었다. 나는 어머니에게 달라붙었다. 다섯 살, 여섯 살, 나는 그들을 사랑하고, 그들을 믿는다. 제기랄! 언제 어느 날부터 벽에 바른 페인트가 보기 흉해졌을까, 언제 어느 날부터 방의 요강에서 냄새가 났으며, 남자들은 주정뱅이, 늙다리가 되어버린 것일까… 언제부터 나는 그들을, 부모님을 닮아가는 것에 끔찍한 두려움을 느끼게 된 것인가… 하루아침에 그렇게 된 것은 아니다. 큰 상처가 있었던 것도 아니다… 눈을 뜬 것이다… 바보 같은 소리. 세상이 하루아침에 내 것이 아닌 게 된 것이 아니다. 거울 속에 비친 나 자신을 보며, 더는 그들을 볼 수 없다고 말하기까지 몇 년이 걸렸다. 점차적으로 내가 그들의 실패작이라고

말하기까지... 누구의 잘못인가. 모든 것이 그리 어둡기
만 한 것은 아니었는데. 늘 즐거움이 있었고, 그것이 나
를 살렸다. 더러운 년.

　사립 학교가 있었다. 학교, 오렌지색 글씨, 그곳은 교
회와 비슷하다. 아버지는 학교를 교회처럼 말했다. 나
는 카페 의자에 걸터앉은 아버지를 〈이리와, 아가씨〉에
맞춰 춤추게 하고 싶었다. 아버지는 그 노래밖에 몰랐
으니까. 아버지는 갑자기 춤을 멈추고 매우 심각하게
말했다. «너 곧 학교에 가게 되잖아! 똑바로 행동해야
해, 말을 잘해야 하고. 사립 학교이니까, 알겠지!» 아버
지는 내가 아무것도 배우지 못할까 봐 걱정했다. 아무
것도 모를까 봐... «너 그러다가 혼나!» 나는 아무것도 두
렵지 않다. 필요한 모든 것을 가지고 있었으니까. 가죽
으로 된 책가방, 최고 좋은 것은 칠판과 분필이다. «물
건을 빌려주면 안 돼. 비싼 거니까.» 또 «카디건을 벗지
마. 잃어버리니까.» 나를 자전거 뒤에 태워 학교에 데
려다준 것도 아버지다. 아버지는 겉옷으로 멜빵바지를
감추고, 고무줄로 다리를 묶었다. 우리는 문이 여러 개
있는, 붉은색과 흰색 바둑판무늬의 커다란 복도로 들
어갔다. 그곳에는 아무도 없었다. 아버지는 어디로 가
야 할지 몰라서 서글펐다. 다시 나왔다. 너무 일찍 온 것

이다. 다른 학생들이 도착하고 나서야 제대로 문을 찾을 수 있었다. 부활절 방학이 끝난 이후였고 모두가 익숙했다. 그러고 나서 다른 여자아이들과 함께 운동장으로 나갔다. 그 애들은 나와 함께 놀기를 원했지만, 나는 그러고 싶지 않다. 내게는 책가방과 샤프펜슬, 칠판지우개가 있었으니까. 여자애들은 사방을 뛰어다닌다. 서로의 등을 때리고 노래를 부르며 돌지만, 그것은 진짜 놀이가 아니다. 숨바꼭질을 할 만한 곳은 전혀 없다. 집을 지어서 엄마 흉내를 낼 만한, 라디오 놀이를 할 만한 술 상자도 없다. 그 애들은 서로 엉덩이를 때리거나, 머리카락을 잡아당기지 않는다. 어떤 애들은 블라우스에 리본으로 십자가를 달았다. 바보 같은 놀이, 장난들, 암탉들의 소란, 내가 널 잡았어, 내 차례야, 닿았잖아, 쉬지도 않는다. 종이 울리자 분위기가 가라앉는다. 모두 곧 자러 갈 것만 같다, 잠들 것 같다. 쏜살같이 뛰던 여자애들이 속도를 늦추고, 입을 다물며 비켜선다. 나는 혼자다. 수선스러웠던 운동장이 회색 자갈의 커다란 웅덩이로 변한다. 신이시여, 다시 시작해야 한다면… «전학생, 이름이 뭐지?» 선생님이 묻자 여자애들이 모두 나를 보며 웃었다. 드니즈 르쉬르, 마치 내게서 떨어져 나간 것 같았다. '모네트 마르땅'이나 '니콜 다르부아'라고 했어도 마찬가지였다. 어쨌든 선생님이 신경 쓰지 않는다는 사실을 알았다. 나는 몇 번이나 이름을 다시 말해야 했다.

낙태 시술자는 내 이름을 묻지 않았다. 이름을 지어 내려고 했는데. 학교를 기억하기는 쉽다. 그것은 무고해 보이며, 중요하지 않아 보인다. «저 애를 사립 학교에 보내면 더 잘 배울 거야. 아이들이 더 단정하거든.» 몸가짐이 단정한, 너무 쉽게 벌어지는 다리. 사립 학교의 훌륭한 교육. 모네트는 이미 공립 초등학교에 다니는 중이었다. 어머니는 손님들에게 사과했다. «잘 가르치려고 그러는 게 아니라 사립이 공립보다 덜 멀어서 그래요. 데려다주기에 더 편하니까. 우리는 너무 바쁘잖아요»

나는 절대 울지 않았다. 처음 며칠은 불행하지 않았다. 어찌할 바를 몰랐을 뿐이다. 아빠와 엄마의 걱정은 웃기는 소리다. 나는 그들이 하루아침에 달라지지 않는다는 사실을 알고 있었다. 어쨌든 그들은 내게 큰 관심이 없었으니까. 네 시 반이면 아버지가 자전거를 타고 온다. 이른바 자유의 결핍이다. 일어나고, 앉고, 노래하고, 원하는 대로 하지 못하지만 거슬리지는 않는다. 오히려 그 반대다. 그들이 늘 말한 대로 모범생이 된다.

나는 선생님이 하라고 하는 모든 것들을 곧바로 잘하려고 애썼다. 지휘봉, 산수를 배울 때 쓰는 막대기, 단어, 눈에 띄지 않게 행동하기. 절대 도망치고 싶은 마음은 없었다. 그 애들처럼 종이 울릴 때 운동장에서 능장을 부리지도 않았다. 나는 그렇게 하는 애들이 벌을 받기를 원했다. 학교를 빼먹는 생각은 해본 적도 없었다. 설명할 수 없는, 이상한 어떤 것, 완전히 낯선 느낌이 있었다. 르쉬르 카페 겸 식료품점, 부모님, 마당의 친구들과 같은 점은 아무것도 없었다. 무언가 되찾은 것 같다고 느끼는 순간도 있었는데, 예를 들면 정원사가 파란색 작업복에 더러운 웃옷을 걸치고 지나갈 때나 구내식당 근처에서 나던 청어 냄새가 그랬다. 그리고 어떤 단어, 그러나 그것은 흔치 않은 일이었다. 다만 학교의 정원사였고, 학교 식당의 청어였기 때문에 그런 것들이 비현실적으로 느껴졌다. 언어도 달랐다. 선생님은 천천히, 긴 단어로 말한다. 절대 서두르려고 하지 않으며, 말하는 것을 좋아하자만 어머니와는 다르다. «여러분, 옷을 옷걸이에 걸어요!» 내 어머니, 그녀는 내가 놀다 들어오면 소리를 질렀다. «윗도리를 구겨서 아무 데나 처박아 두지 마! 저걸 누구보고 치우라고? 양말은 꼭 메추리 새끼처럼 뒤집어 놨네!» 둘 사이의 간격은 엄청났다. 어쨌든 그렇지 않다고는 말할 수 없다. 우리 집에는 '양복걸이'라는 말이 없다. 의복이라는 말은 '의복의 전당'에 갈 때만 쓰는데, 그것은 르쉬르처럼 그저 하나의 이름일 뿐이다. 그곳에서 사는 것은 의복이 아니라, 물건들과 윗도리, 누더기다. 외국어보다 더 어렵다. 터키어, 독일어처럼 이해가 되지 않지만 해치우고 나면 곧장 편해진다. 이제 선생님이 말한 모든 것들을 대충 이해했지만, 혼자서는 할 수 없었을 것이다. 부모님도 다르지는 않다. 그 증거로 부모님 집에서는 그런 말을 한 번도 들어본 적이 없지 않았던가. 그들은 전혀 다른 사람들이다. 그 불편함, 그 충격, 선생님의 입에서 나오는 모든 말들은 그것이 무엇이든 간에 일단 보고 들었다. 그것은 가벼웠고 형태가 없었으며, 온기가 없고 언제나 단호했다. 진짜 언어는 우리 집에서 내가 듣는 것이다. 싸구려 포도주, 질 나쁜 고기, 따먹히다, 늙은 암말, 꼬마야, 안녕하슈(boujou)[i]라고 해야지. 비명, 인상 쓰기, 엎어진 병, 모든 것이 말하자마자 거기 있었다. 선생님은 말하고 또 말했고, 사물들은 존재하지 않았다. 바람구멍, 채광 구멍, 그것이 무엇인지 알기까지 십 년이 걸렸다. 목장은 목동이 지키고 집은 개가 지킨다, 웃기는

---

i 안녕하세요 혹은 안녕히 라는 뜻으로 쓰는 노르망디 사투리.

이야기, 선생님의 농담. 교실의 여자아이들이 손가락으로 글자를 더듬으며 다 같이 파아, 파, 페에, 페, 프를 따라 한다. 웃음이 날 것 같아 몸이 간질간질했다. 그것, 학교, 반복해야 할, 쫓아가야 할, 모아야 할 수많은 기호들? 카페 겸 식료품점은 얼마나 더 현실적이었던가! 학교, 그것은 마치 지속적인 듯, 재미있는 듯, 흥미로운 듯, 좋은 듯이 하는 행위이자, 선생님 혼자서 진행하는 라디오 방송이었다. 선생님은 입술을 비틀며 이야기를 읽었고, 눈을 굴려 가며 커다랗고 못된 늑대를 흉내 냈다. 모두가 웃었고, 나 역시 억지로 따라 웃었다. 나는 말할 줄 아는 동물들에 단 한 번도 관심을 가져 본 적이 없었다. 나는 선생님이 웃기는 이야기를 하면서 우리를 무시한다고 생각했다. 그녀는 의자 위에서 정말 잘 뛰어내렸으나 나는 오히려 그녀를 우둔하고 유치하다고 여겼으며, 그런 행동은 개와 양의 이야기에 맞지 않는다고 생각했다. 내 옆에 있던 여자아이들은 그 이야기에 흥미롭다는 듯이 행동했다. 그 애들 중 한 명, 내 짝꿍은 오 분에 한 번씩 뒤집어지게 웃다가 여교사의 말을 듣자마자 또 웃기 시작했다. 나는 그 애를 흉내 냈다. 나는 늘 다른 사람들처럼 하고 싶었다. 지금에 와서는 아무도 본받을 사람이 없다. 바로 그것이 끔찍한 점이겠지만. 모두가 척하는 것을 즐겼다. 선생님이 «옷을 입으세요. 이제 곧 시간이 다가와요»라고 말하면, 우리는 팔짱을 끼고 종이 울리기를 기다렸다. 운동장에 나가서 기다릴 수도 있었고, 아니면 아예 기다리지 않을 수도 있었는데, 쓸모없는 짓이었다. 책상 밑으로 발을 긁고, 속삭이고, 종이 울릴 때까지 지루하지 않은 척을 했다. 가끔씩 몸을 떠는 멀리 있는 비가시적인 어떤 것, 식료품점의 벨보다 겨우 조금 더 센 초라한 종. 그러나 식료품점의 종은 손님들과 함께 울렸다. 판타지, 기쁨을 위해 땡땡땡 울리는 학교 종에 비교하자면 그것은 손님이자 장보기였으며 현금통 안에 담긴 돈이었다.

나는 학교에서 먹지도 마시지도 못했다. 화장실에 가는 것은 큰일이었다. 교무실에 올라가서 선생님께 «화장실에 가도 되나요?»가 아니라 «나가도 되나요?»라고 물어야 했고, 이 모든 것이 오줌보가 터지기 직전에 이뤄졌다. 소시지 한 조각이, 석류 맛 음료가 간절하다는 것 또는 손을 넣어 긁고 싶을 만큼 거기가 간지럽다는 것을 절대 드러내서는 안 된다. «프랑수아즈가 팬티에 쌌어요!» 피에레트가 연필을 줍다가 봤다. 오! 오! 하는 소리, 끔찍하게 여기며 흔드는 손. 여교사는 프랑수아즈를 의자에서 끌어 내린다. 엄청나게 커다란 카페오레 색깔의 얼룩, 이미 싼 지 한참 됐다. 비명, 울음, 여교사는 겨드랑이 사이에 프랑수아즈의 머리를 끼고 곧장 세면대로 간다. 그녀는 종이 울릴 때까지 손수건으로 입을 막고 작은 신음을 낸다. 감히 말을 꺼내지 못해서 나에게도 그런 일이 생겼다면… 쉬는 시간까지 참는다지만, 이럴 때는 오히려 그 생각만 하게 된다. 12명 정도의 크고 작은 여자애들이 화장실 다섯 칸 앞에 모여 있다. 누가 제일 먼저 들어갈래. 처음에는 그 애들이 장난치는 줄 알았다. 모두가 동시에 화장실을 가고 싶어 하다니, 말도 안 되니까. 나는 «나 화장실에 가고 싶어»라고 말하며 여자애들을 밀쳤다. 여자애들은 비웃었고, 나는 그 애들의 치마 사이로 기어들어 가려고 했다. 그중 한 명이 소리를 질렀다. «얘 진짜 바보잖아!» 배가 아팠다. 부모님 집 마당에 있는 화장실이 생각났다. 나중에 나는 다른 여자애들도 기다리고 있었다는 사실을 깨닫게 됐고 줄을 섰다. 모든 쉬는 시간을 화장실에서 보냈다면… 여자애들은 오줌 마려운 느낌을 덜 느끼기 위해 그곳을 잡으며 몸을 비틀었다. 나는 물과 오줌 방울이 떨어져 있는 그 화장실에 들어가자마자 마음이 아팠다. 벽은 갈색 점들로 뒤덮여 있고, 가장자리에 마른 똥이 묻은 흰색 변기는 물이 콸콸 흘렀다. 그 끝에 걸쳐 앉은 꽁꽁 언 허벅지, 물속에서 어쩔 줄을 모르는 발, 사방에 넘치는 물과 똥 냄새, 똥을 닦는 세제. 여자애들이 문을 두드린다. 우리 집에서는 햇살이 마름모 무늬에 닿으면 거미줄이 반짝였고, 못으로 걸어 놓은 신문지 냄새와 천천히 달궈진 오줌 냄새가 났다. 오줌이 쏙 들어갔다.

두 개의 세상. 어느 순간부터 비교하기 시작했을까. 초기에는 아니었다. 보리수에 둘러싸인 커다랗고 추운 운동장, 그네, 밧줄과 함께 운동장 한가운데에 있는 철봉. 각자 차례를 기다린다. 나는 그런 곳에 절대 익숙해지지 않는다. 한 여자애가 내게 못되게 말했다. «너 팬티를 안 입었구나!» 팬티가 엉덩이 사이에 꼈던 모양이다. 여자애들은 모든 것을 본다. 검은 칠판, 연산, 단어… 식료품점의 작은 뒷마당. 냄새나는 술병을 담은 상자와 박스, 진열대의 시큼한 노란 병들. 아버지와 어머니의 목소리. 이해하기 위해 듣지 않아도 되는 말들, 짧고 거친 문장들, 늙은 마르땅은 거기서 민들레 풀을 뿌리부터 먹는데, 새참을 먹는 거 잊지 마, 네 차례야, 마지막 한잔, 나중에 봐[i] 혹은 또 봐… 그 모든 것이 윙윙거리며 따뜻하게 내 안에 있다. 아버지의 자전거에서 내려

---

i 원문에서는 à la revoyure라는 구어를 사용했다.

서 가게에 들어가자마자 물건들, 사람들, 말들이 나를 다시 감싼다. 회색 타일 한가운데에 뱀 같은 우유 자국, 르쉬르 부인의 두 손가락 듬뿍, 놀리기 좋아하는 사람, 카뉘 부인, 눈물 젖은 검정 무를 넣은 빵, 오돌토돌한 파테, 카페 입구에서 햇빛에 내놓은 다리. 이봐! 니니즈, 치마를 내려. 안이 훤히 보이니까! 모든 것이 아무 생각 없이 이쪽 세상에서 다른 세상으로 편안히 넘어갈 수 있도록 돼 있다. 무엇에도 놀라지 않는다.

사실 그렇지는 않았다. 처음에는 자주 두 세계를 뒤섞었다. 얼마 동안 그랬을까? 1학년 수업, 보잘것없는 크루아상 같은 입술을 가진 선생님, 초등학교 수업, 손 때문에 책상 밑을 보던 늙은 오방…

나는 자주 오분, 십분 지각한다. 어머니는 나를 깨우는 것을 잊고, 아침 식사는 준비돼 있지 않다. 양말은 구멍이 나서 꿰매야 하고, 옷을 입은 채로 단추를 다시 달아야 한다. «그렇게 가면 안 돼!» 아버지가 자전거로 달리지만, 그러면 그렇지, 수업은 시작됐다. 문을 두드린다. 공손하게 절하며 선생님의 책상으로 향한다. «드니즈 르쉬르, 나가!» 나는 아무 생각 없이 나갔다가 다시 돌아와 또 공손하게 고개를 숙인다. 선생님의 목소리가 날카로워진다. «다시 나가! 그렇게 들어오는 게 아니야!» 다시 나갔다. 이번에는 고개를 숙이지 않는다. 여자애들이 웃는다. 선생님이 나를 몇 번이나 들어오고 나가게 했는지 모른다. 아무것도 이해하지 못한 채로 선생님 앞을 지나갔다. 마지막에는 선생님이 입술을 깨물며 자리에서 일어났다. 선생님은 말했다. «여기는 방앗간이 아니에요! 지각을 했으면 제일 높은 사람에게 사과해야지! 게다가 학생은 늘 지각하잖아요.» 반 전체가 웃음을 터뜨린다. 나는 분노로 숨이 막힌다. 아무것도 아닌 일에 이렇게까지 난리를 치다니, 게다가 나는 아무것도 몰랐다! «저는 몰랐어요! 선생님. — 그런 걸 알았어야죠!» 어떻게? 우리 집에서는 아무도 내게 그런 말을 해 주지 않았는데. 카페에서는 들어가고 싶으면 들어간다. 아무도 지각하지 않는다. 우리 집은 아마도 방앗간인 모양이다. 무언가 심장을 조이는 것 같다. 학교, 비현실적인 가벼운 놀이, 아무것도 모르겠다. 복잡해진다. 책 받침대가 단단해지고, 난로에서는 그을음 냄새가 심하게 난다. 모든 것이 두꺼운 선에 둘러싸여 현실이 된다. 선생님은 다시 자리에 앉아서 미소를 지으며 손가락으로 나를 가리킨다. «학생은 거만하군요. 학생은 하기 싫은 거예요. 맞아요, 학생은 내게 인사를 하고 싶지 않은 거예요!» 선생님은 미쳐간다. 나는 아무 말도 할 수 없다. 그녀는 이상한 소리를 하고 이야기를 지어낸다. 나는 선생님께 왜 매번 늦었는지, 단추, 준비되지 않은 아침 식사, 오전 배달에 관해 설명한 후 고개를 숙였다. 그녀는 아무 말 없이 한숨을 쉬었다. 어느 날 선생님은 폭발했다. «학생의 어머니는 어떻게 점심에 방을 정리할 수 있죠? 매일? — 날마다 달라요. 어떤 때는 오후에 하기도 하고, 어떤 때는 하지 않아요. 시간이 없으시거든요» 나는 기억을 더듬어 본다. «지금 장난하는 건가요? 내가 학생의 이야기에 흥미를 느낄 거라고 생각해요?» 옆에 있던 여자아이가 알려 준다. 침대는 아침에, 게다가 매일 정리해야 하는 거라고. «정말 특이한 집에 사는 모양이구나!» 다른 여자애들은 등을 돌리고 자기들끼리 수군거린다. 웃음, 행복, 갑자기 무언가 잘못되어 간다. 알겠다. 나는 다른 아이들과 다르다는 것을 깨닫는다... 그렇게 믿고 싶지 않은데. 왜 나는 저 아이들과 달라야 하는가. 배에 단단한 돌덩이가 들어 있는 듯한 느낌이다. 눈물 때문에 눈이 따갑다. 이제 더 이상 예전과 같을 수 없다. 이것은 모욕이다. 학교에서 나는 모욕을 배웠고, 모욕을 느꼈다. 분명 내가 느끼지 못하고, 주의하지 못하고 놓쳤던 것이 있을 것이다. 우리 집과 다르다는 것을, 선생님이 내 부모와 다르게 말한다는 것을 이내 알아버렸지만, 나는 있는 그대로의 내 모습으로 있었다. 처음에는 모든 것이 뒤섞였다. 방앗간이 아니에요! 르쉬르 학생! 그러니까 학생은... 알아 두세요... 알게 될 거예요... 그렇지만 틀린 것은 선생님이다. 나는 그렇게 느꼈다. 항상 빗나가니까. 사실 선생님이 단어를 하나씩 강조하며 «학생의 아버님과 어머님은 노크를 하지 않고 들어오는 것을 허락하시나요?»라고 말할 때, 나는 그녀가 완전히 낯선 사람들에 대해 말하는 것 같았다. 내 뒤를 떠다니는 나의 전사(轉寫)에게 말을 거는 느낌이었다. 내 부모는 나의 전사를 닮아야 했을까, 그랬다면 쉬웠을 텐데. 모든 문제는 그들이 그런 모습과는 거리가 멀다는 것에 있었다... 그러니 선생님은 늘 빗나갈 수밖에.

특히 어린아이일 때는 그것, 부끄러움, 수치심에 대해서는 절대 말하지 않는다. 모욕적인, 비겁한 문장들을 잊는다. 학생일 때는... 사람들은 나를 비웃었고, 내 부모님을 비웃었다. 수치심. 1학년 담임 선생님만이 아니었다. 쌍년, 분필을 들고 있지 않을 때도 항상 금 깃털이 달린 볼펜을 만지작거리는 것 같았던 그 여자의 하얗고 긴 손. 여자애들은... «너희 아빠는 뭐해? 식료품점, 멋지다! 사탕을 많이 먹겠네!» 처음에는 친절하고 따뜻했다. 기대하지 않았는데. 나는 자랑스럽고 행복했다. 그러다 갑자기 나를 수치스럽게 만드는 한 줌의 말들이 몇 시간 동안 내 안에서 소용돌이친다. «카페도? 그러면 취한 사람들도 있어? 역겨워!» 내 잘못이다. 입을 다물고 있어야 하는 것을 몰랐다. «클로파르 동네? 거기가 어디야? 시내가 아니야? 그러면 구멍가게잖아!» 교실에서 그곳을 생각하며 나를 모욕한 여자애들을 바라본다. 내 앞에서 커다란 치아를 드러내며 미소를 짓는 잔느, 그 애는 웃을 때 넓은 혓바닥이 반쯤 나온다. 나는 아무것도 할 수 없다. 몸을 둥글게 말은 괄태충 같은 수치심이 이미 내 안에 들어왔다. 잔느의 아버지는 시내에서 안경점을 하시고, 어머니는 일하지 않으신다. 그들은 커다란 검은색 자동차를 가지고 있다. 상관없다. 내 잘못이 아니다. 그 애는 첫 줄에 앉고, 블라우스를 입지 않는다. 나는 그 애의 팔 위쪽에 두 개의 커다란 꽃처럼 달린 소매와 검고 빛나는 엉덩이처럼 양 갈래로 딴 머리카락의 가르마를 본다. 그 애는 손가락을 들고 이야기한다. 그 애는 선생님을 웃게 한다. 그 애는 자신이 내게 했던 말도 생각하지 않고 편안하게 말한다. «선생님, 어느 날은 저희 아빠가요...» 선생님이 관심을 보인다. 반 아이들 모두가 잔느의 이야기를, 잔느의 부모님을 알고 있다. 나는 내 부모님이 그렇지 않다는 것을 안다. 선생님은 «저급함»은 숨기는 게 낫다고 하셨다. «어제저녁에 르드윅 아버지가 너무 취해서 길에서 넘어져서 병을 끌어안고 주무셨어요.» 선생님이 그대로 굳어버렸지만 나는 계속할 수 있었다. «저희 어머니가 청소비를 지불해야 했어요. 그 아저씨가 사방에 난리를 쳤거든요.» 선생님은 곧바로 화제를 바꿨다. 선생님은 내가 경험한 것들에 전혀 관심이 없었다. 취향. 소식자(消息子), 배, 별로 달라진 것은 없다. 여전히 저급하다. 그 르쉬르가 다시 올라온다.

사립학교 여자애들의 여유로움, 편안함 앞에서 나 자신이 무겁고 끈적끈적하다고 느꼈다. 나는 어머니가 4월 중순에 입혀 주신 커다란 니트 조끼를 벗어 던졌다. 그것이 나의 무거움, 나의 상스러움을 벗어 던지는 것이라고 생각했지만, 그렇다고 내가 잔느가 된 것은 아니다. 그 외의 모든 것들, 그 애를 둘러싼 것들, 우아함, 보이지 않는 타고난 어떤 것들이 부족했다. 뿔테 안경, 분홍색테 안경을 파는 반짝이는 상점, 거실, 식모. 그러나 나는 그것들 사이에 있는 연관 관계를 생각하지 못했다. 그녀의 가벼움, 경쾌한 조소가 순수한 재능이라고 생각했다. 가게나 녹색 식물이 있는 현관과는

아무 관계가 없었다. 그것이 바로 끔찍한 점이다. 나는
이미 결정지어진 것으로 생각했던 것이다. 그 애와 비
교하면 드니즈 르쉬르, 나는 아무것도 아니었다. 여기
서는 카페 겸 식료품점의 작은 여왕은 아무 쓸모가 없
었다. 나는 잔느가 되고 싶었다. 그리고 나를 무시하며
자신들의 우월함을 과시하던 수많은 타인이 되고 싶었
다. 근교에서 크게 농장을 하는 집안의 딸 로즐린, 그 애
는 내게 쉬는 시간 내내 과자가 잔뜩 들어 있는 가방을
들게 하고는, 단 한 조각도 주지 않았다. 그 애는 과자들
을 하나씩 먹어 치운다. 설탕이 코트에 떨어지고, 크림
이 양쪽으로 삐져나온다. 나는 마지막 한 입까지, 그녀
가 내게 줬어야 할 과자 조각을 노린다. 종이 울린다. 그
녀는 입을 털고 문지른다. 쌍년! 더럽게 맛없는 과자들!
그녀는 긴 금발 머리에, 검은 에나멜 부츠를 신고 다닌
다. 그녀의 아버지는 그녀가 사는 작은 읍의 읍장이다.
나는 그녀의 가방이나 들고 다니는 사람일 뿐이다. 이
제 시작이다. 더는 드니즈 르쉬르가 아니다. 다른 모든
이들이 그녀들을 위해서 산다. 그녀들은 듣고, 쓰고, 천
천히 사물함으로 간다. 나는 그녀들이 듣고, 쓰고, 사물
함을 향해 가는 모습을 바라본다. 교실에 들어가면 나
는 아무것도 아닌 존재가 된다. 그저 눈을 감으면 눈꺼

풀을 누르는 한 다발의 회색 반점일 뿐. 문 밖에 진짜 세상을 두고 온 나는 학교라는 세상에서 어떻게 처신해야 하는지를 알지 못한다. 한 다발의 수치심과 얼굴들 그리고 나를 둘러싼 행복한 얼굴들, 그러나 나는 나만의 복수가 있다. 땋은 머리를 자르고, 꽃무늬 블라우스를 밟고, 성기를 꼬집는다. 그리고 천천히, 상상으로 만족감을 느낀다. 머릿속에서 그 애들을 조각내고, 그들과 닮았다고 믿으면서… 그렇다, 그럼에도 불구하고, 나는 아마도 로즐린처럼 될 것이다. 책상 밑에 숨은, 우아함이라고는 없는, 못생긴 나, 드니즈 르쉬르가. 선생님으로, 학생들로, 이미 이름부터 더럽혀진 내가. 드니즈 르쉬르! 칠판으로! 드니즈 르쉬르, 신맛 나는 사과!

틀렸다, 나는 그들과 비슷하지 않다. 잔느는 이미 아브르의 커다란 잡화점 상인과 결혼했다. 로즐린은 애인을 만들려고 일요일 댄스 파티장을 어슬렁거린다. 그 애들은 낙태 전문 산파 집에 널브러져 있지 않다. 그렇지만 나는 그 애들을 따라잡았고, 그 애들을 비웃었다. 그 애들은 5학년을 통과하지 못했고, 4학년 중간에 잘렸다. 그 애들이 나를 힘들게 하고, 내 앞에서 자신들도 모르게 카페 겸 식료품점을, 그 외의 모든 것들을 비웃었던 것을 생각하면! 그 애들의 걸음걸이, 그 애들의 즐겨 쓰는 말 '오 나의 친애하는!' 그리고 선생님, 미워하는, 증오하는 선생님들. 교목[i], 그 사람은 잊을 수없다. 그는 내게서 클로파르 길의 행복을 완전히 앗아갔다. 고해 시간! 선생님이 종이를 나눠 줬다. «한 시간을 주겠어요. 여러분의 죄를 적으세요, 저지른 모든 잘못을 적어요. 교리 수업을 마칠 때 즈음에 물어볼 거예요» 어느 겨울, 아니 어느 봄날이었다. 내 짝은 프랑수아즈다. 질문은 난해하고 어렵다. 교만했던 적이 있었습니까? 몇 번이나? 나는 학교 운동장을, 보리수를, 회색 소금 냄새가 나는 서늘한 가게를, 모네트의 많은 검은 머리를 떠올린다. 태양 가득히 교만이란 단어가 매끄러운 리본처럼 사방팔방 날아다닌다. 절대 없다. 그렇지만 괄호가 있다. (다른 사람보다 위에 있다고 생각한 적이 있습니까?) 나는 자라고, 모든 이를 넘어선다. 나는 교실 전체를 본다... 그런 적이 있었다... 나는 자주 오만했다. 그랬다... 나는 그랬다... 나는 모든 죄를 다 저질렀다. 목록이 길다. 내 옆으로 십여 명의 말라버린, 묻어버린 드니즈 르쉬르가 떨어진다. 나는 기쁜 마음으로 적는다. 설탕 도둑, 게으름뱅이, 반항아, 저속한 곳을 만지는 아이, 모든 것이 죄다. 순수한 추억은 눈곱만큼

---

i 학교에서 예배와 종교 교육을 담당하는 목사.

도 없다. 그러나 이제 아무것도 남지 않게 될 것이다. «여덟 개!» 프랑수아즈가 한숨을 쉰다. 나는 «열일곱 개», 걱정된다. 여덟과 열일곱이라... 할 수 있는 일이 없다. 나는 신을 좋아하지 않고, 부모님을 존경하지도 않는다. 모든 것이 고백할 거리다. 한 가지 유일한 방법은 두 사람이 함께 들어가는 것이다. 우리는 손에 종이를 들고 거기, 예배당 앞에 줄을 선다. 모든 여자아이들의 죄가 공기 중에 떠다닌다. 장난, 향, 뒤죽박죽인 벤치, 뺄셈과 문법 사이에서 그것은 축제다. 서로의 몸을 붙이고, 옆에 앉은 여자애 치맛자락을 깔고 앉는다. 뒤섞인 모두가 서로 닮았다. 여자애들은 한 명씩, 문이 두 개가 있는 작은 통나무집으로 사라진다. 블라인드 하나가 내려가고 이어서 또 다른 블라인드가 내려간다. 커튼이 없다는 것, 내가 기억하는 끔찍한 점이다.

나는 그의 차가운 파란 눈과 창살 뒤로 사라지는 녹색 자수밖에 보지 못했다. 침착하게 모든 것을 읽고 종이를 접고, 그를 봤다. 그는 한가지 죄에만 관심을 보였다. 혼자서 몇 번이나? 남자애들과? 나는 침착하게 대답하지만, 그의 눈빛이 사납다. 그는 갑자기 미친 사람처럼 딱딱한 것, 들끓는 것들을 말하기 시작한다. 내 다리 사이에 끔찍한 짐승이 자라고 있다고, 납작하고, 빨갛고, 벼룩처럼 «불결한» 것이. 그것은 봐서도 안 되고 만져서도 안 되며, 모두에게 숨겨야 한다. 그 안에는 나를 간지럽히고 콕콕 찌르는 아주 뜨거운 악마가 살고 있어서, 신과 성모와 성자가 나를 버릴 것이라고... «회개 기도를 하세요» 나는 얼이 빠진 채로 자리에서 일어나, 멀리 무릎을 꿇으러 갔다. 나는 그가 나를 계속 주시하고 있다는 것과 모두에게 내 죄를 발설하리라는 것을 확신했다. 나는 내 죄를 단번에 고백했다고 믿었고, 단지 속의 구슬처럼 그것들이 사라지는 것을 보았다고 믿었다. 신부님은 내게 자신의 죄를 마주 보게 했고, 머리끝에서 발끝까지 나를 죄로 덮어버렸다. 나는 더럽혀진 채로 혼자 나왔다. 나뿐이었다. 아무도 그곳에 손가락을 밀어 넣지 않았고 거울로 그것을 보지 않았으며, 누구도 여럿이서 함께 오줌을 싸는 것을 꿈꾸지 않았다. 나 혼자였다. 내 뒤로 죽을죄를 진 적 없는, 자유로운 아이들이 수군거렸다. 다른 아이들이 나와 같았다면, 그는 그런 소동을 피우지 않았을 것이다. 할 수 있는 게 아무것도 없다. 나는 «불결한 것들»에 의해 거부당했고, 다른 사람들로부터 단절됐다. 십여 개의 문장, 알 수 없는 장면들, 허벅지를 따라 올라오는 이상한 꽃,

깍지를 낀 손과 초조함, 칸막이 뒤에서 모네트와 거기를 비교하다가 만지기, 모두 팬티를 벗고, 아무것도 없이, 끔찍한 무언극, «추잡한» 몸짓들, 불순한 생각뿐이다. 더 이상 밝고 행복한 구석이 없다. 짐승이 내 안, 곳곳에 있다. 어쩌면 하얀 동상 앞에서 움직이지 않고 계속 무릎을 꿇고 있으면, 신부님이 말한 아름다운 새하얀 사제복을 뒤집어쓰고 순수해질지도 모른다. 나 역시 아름다운 동상이 될 수 있을 것이다. 그러나 나는 다시 시작하고 말 것이다. 죄악이 벼룩 떼처럼 내게 다시 달려들 것이다. 나는 이미 틀렸음을 느낀다. 평생 죄를 지은 괴물이 따라다닐 것이다. 구제할 방법이 없다. 죄인이다. 그 죄인은 통조림으로 덮인 가게의 선반과 연기, 토요일 저녁의 고함, 저녁에 주방에서 욕을 하며 방귀를 뀌던, 뜨겁고 무거운 어머니와 어지럽게 이어져 있다. 우리 집에서는 마음대로 통조림통과 잼을 퍼먹고, 술 취한 늙은이들에게 짜증을 내고, 은어든 사투리든 떠오르는 대로 단어를 말할 수 있었다. 내 몸짓과 내 행동은 잔에 담긴 반짝이는 식전주의 달콤한 향과 도미노 게임 참가자들의 웃음과 다를 바 없었다. 나는 아름다운 결속 속에서 살았다. 그리고 그 모든 지적들, 비웃음, 아니다, 내 세상의 것들은 학교에서 통용될 수 없었다. 지각도, 욕구도, 평범한 단어들도 허락되지 않았다. 거기에 사제까지… 그들의 차례가 되면, 성모와 성자와 찬양받는 교회는 내 생각까지, 비르병과 레드 와인병에 둘러싸인 불분명한 나의 욕망까지 단죄하려 든다. 나는 내가 저지르는 나쁜 짓들과 내가 속한 사회를 분리할 수 없다. 교회는 10시의 검은 흑마, 피곤함에 지쳐 쓰러진 어머니, 식후에 틀니를 빼놓는 아버지, 순수하다고 믿었던 나의 욕망들, 그 모든 것들을 일제히 거부한다. 신, 신은 그녀들의 말처럼 하얗게 칠한 그녀들의 방과 꽃무늬 무명천 커튼을 단 그녀들의 다이닝 룸에 있는 잔느와 로즐리에게, 그녀들의 식탐에, 귀엽고 가벼운 죄를 닮은 그녀들의 게으름에, 유쾌하고 사소한 일들에 미소를 짓는다. 나의 다름과 내가 속한 사회와 연결된 끈적끈적하고 불순한 것이 완전히 나를 둘러싼다. 어떤 회개 기도도 소용없다. 내가 벌을 받아야만 한다.

나는 그 모든 것을 느꼈다. 고해실에서 내게 최면을 걸던 그의 생기 없는 눈… 벽에 던져버리고 싶은 유리구슬. 수치심… 타락한 년… 모든 방탕한 일에 타고난 재능을 가졌다고 믿었는데… 나는 모든 것을 견딜 수 있었다. 지금도 마찬가지로 견딘다. 나는 그 일이 반드시 일어나리라는 것을 알고 있었다. 단지 그 애들을, 그 애들의 부모와 그 애들이 속한 세계를 싫어하기 때문이 아니다. 그때부터 시작된 일이라는 것이 증명됐다. 지금 낙태를 겪는 것은 나다. 잔느나 로즐린이 아니다. 어쩌면 죄에 관한 생각이 죄 그 자체보다 훨씬 더 오래 간다는 것을 믿는 게 너무 쉬웠을까. 게다가 나는 늘 나만 그렇다고 생각해 왔다. 학교에 적응을 못 하고 불편해하는 나 같은 여자아이가 또 있으리라고 전혀 생각하지 못했다. 대학에서도 마찬가지였다. 어쩌면 지금, 이 순간, 배를 움켜쥐고 두려워하고 있는 나 같은 여자아이가 또 있을까. 상상할 수 없다. 그 여자애에게 그것은 우연이나 사고, 운이 없어서 생긴 일일 것이다. 내게는 이미 초등학교 때부터 기다리고 있던 일이다. 벽에 걸려 있던 성녀 아그네스와 양들의 감시 아래에서. 나는 순수하고 착한 여자아이들 무리에서 배제됐다. 나쁜 년들. 그 애들에게 잘 보이기 위해 별짓을 다 했는데, 그 애들과 다르다는 것을 감추기 위해서… 나는 그 여자애들에게 아버지가 와인병에 붙이는 멋진 가격표를, 커피 포장지나 초콜릿에서 조심스럽게 떼어 낸 스티커와 플라스틱 동물들을 가져다준다. 그 애들은 쉬는 시간에 내 주위에 들러붙고, 나는 나눠주며 말한다. «너는 나한테 잘해줬으니까 이거, 너는 안 돼!» 여자애들은 분해서 혀를 내밀고, 나는 자리를 뜬다. 여자애들이 내 앞에서 쩔쩔매는 모습을 보는 게 행복하다. 어머니 역시 만만치 않다. 월말에 학교에서 나눠준 고지서를 가져가면 5프랑을 더 주시며 말한다. «너 잘 봐 달라고.» 나는 교무실에 올라가서 큰소리로 외친다. «어머니가 잔돈은 선생님이 가져가시라고 했어요» 신년이 되면 포장도 하지 않은 초콜릿 상자를 가방에서 꺼내 선생님 앞에 내민다. 여자아이들은 질투로 입을 다물고 내 모습을 살핀다. 그리고 나는 수많은 이야기를 자극적으로 지어낸다. 마리화나를 알게 됐다고 과장해서 이야기하고, 그 애들의 수준에 맞추기 위해 과시한다. 카페 겸 식료품점, 아무것도 바꿀 수는 없지만, 그 외의 모든 것을 가지고 있다. «우리 아버지는 돈을 많이 벌고, 나는 끝내주는 장난감들을 갖고 있어.» 걸어 다니고, 말하고, 비단 원피스를 입은 거대한 인형, 너무 부서지기 쉬워서 절대 내 방 밖으로 가지고 나갈 수 없는 소꿉놀이 세트. 마르세유, 보르도에 사는 삼촌, 한 명은 의사, 다른 한 명은 부자 농부, 아주 오래전에 알자스에 다녀온 일, 에펠탑, 몽생미셸… 나는 매번 뒤죽박죽 섞고, 말을 바꾼다. 여자애들은 믿는다. 나는 그 애들이 바닷가에서 보낸 휴가와 안경점, 서점, 농장, 도시 이름과 지리 수업 시간에 들은 강 이름들을 입 밖으로 꺼내지 못 하도록 풍부한 상상력을 동원해 세부 사항까지 묘사한다. 나는 적나라하고 아름다운 무엇인가를 발견했다. 성질을 잘 내고 멍청한 나, 르쉬르의 딸, 나는 금세 학교에서 하는 놀이를 잘 따라 했고 독서, 연산, 역사에서 좋은 성적을 받았다. 별거 아니었다. 이 년 동안 책상에 앉아, 낯설고 하찮은 기호와 단어들이 내게 흡수되는 것을 지켜본다. 일단 가게 문턱을 넘으면, 평범한 내 목소리를 되찾는다. 학교에서 내는 농락하는, 지나치게 부드러운 목소리가 아니다. 책가방을 아무 데나 내던진다. 봄날에는 모네트의 집에 쳐들어가 우리 집 마당으로 그 애를 데려온다. 우리는 빨려고 내놓은 더러운 세탁물로 밤까지 변장을 하며 놀고, 닭장의 닭들을 괴롭힌다. 겨울에는 카페의 테이블에 자리를 잡고, 몇 시간 동안 도미노 카드로 집을 짓고, 컨피던스 잡지의 사진을 오려서 이야기를 지어내거나 슬쩍 웃으며 베르모 달력의 수영복을 입은 남자 사진에 커다란 고추를 그리며 낙서한다. 덧옷 주머니 안의 사탕 한 줌은 언제나 단맛 가득한 한입의 쾌락을 놀이와 이야기에 더한다. 우리가 손님들에게 준 격려와 토요일 포토푀[i]의 냄새 혹은 어머니가 카페 구석에 있는 의자에 쌓인 옷들의 얼룩을 뺄 때 나던 테레핀 정유 냄새는 말할 것도 없다. 저녁에는 책가방을 열지 않았다. 나눗셈과 골족[ii]에는 관심 없었다. 처음에는 부모님도 마찬가지였다. 나중에, 내가 좋은 성적을 받고 나서야 나를 들볶은 것이지...

10점 만점에 7점! 프랑수아즈는 기뻐하며 소리를 질렀다. 잔느는 책상 위로 코를 흘리며 «3점!»이라고 훌쩍거렸다. 나는 그 애를 호기심 어린 눈으로 바라봤다. 그것 때문에 울다니! 아무도 그녀의 따귀를 때리지 않았는데. 그녀는 종이 인형처럼 생겼다. «부모님한테 걸릴 거야.» 나는 여러 번 10점 만점에 10점을 받았다는 사실이 자랑스럽기 시작한다. 하마터면 나는 혀를 내밀어 잔느를 놀릴 뻔했다. 여자애들은 내게 조금 더 친절해지기 시작했고, 나의 구멍가게에 대한 말은 줄었다. 동시에 나 역시 우월함을 지키려고 저녁마다 수업내용을 훑어보기 시작했다. 주방에서 방으로 이어지는 계단 제일 위 칸에 앉아 낱개로 파는 비스킷 상자를 책상 삼거나, 다리에 자갈을 더덕더덕 붙이고 마당의 포석

---

i 소고기, 야채, 허브를 넣고 끓인 프랑스의 스튜 요리.
ii 철기시대와 로마시대에 서유럽과 동유럽에 살던 켈트인을 말한다.

에 앉았다. «니니즈! 너 엉덩이가 핑크색이네!» 나는 두 과(課) 사이에 말대꾸한다. «우리 아빠가 뭐라고 하는지 보자고요! ─ 이 더러운 년!» 화산과 구구단이 춤을 추 다가 햇빛에 저절로 감긴다. 아버지가 쓰는 말처럼 뒤 처진, 끝장난 프랑수아즈는 그 잘난 척하는 얼굴에 양 갈래 머리를 묶고 토라져 있겠지. 그 생각만 하면 가슴 이 두근거린다. 두고 보라지, 내일이 되면 좋겠다. 선생 님의 질문에 자리에서 일어나 하나도 틀리지 않고 대 답하고 싶다. 나는 그렇게 여자애들, 모든 다른 여자애 들, 잘난 척하는 애들, 얌전한 척하는 애들, 멍청한 애들 에 맞서서 좋은 성적을 원하기 시작했다... 나의 복수가 거기, 문법과 단어 연습 문제에 있었다. 사막을 통과하 는 들쭉날쭉한 긴 벽을 따라가듯, 어디에 이르는지도 모르고 처음부터 끝까지 따라가야 하는 이상한 문장 들. 덧셈에, 매일 배우는 맞춤법 단어 10개에, 미스터리 한 베짱이와 앞치마를 입은 개미, 므니에르 초콜릿 스 티커, 내가 말하는 모든 것들, 내가 발견하고 대답하는 모든 것들 속에 있었다. 어떤 여학생이 모르는 게 있으 면 선생님은 턱을 들어 «드니즈 르쉬르...»를 불렀고, 나 는 답을 말했다. 그것은 마치 내가 그 여자아이의 따귀 를 제대로 때린 것과 다름없었다. 아니 그보다 더 나았다. 그건 보이지 않으니까, 복수도 할 수 없다. 전체적으로 한 방 먹이는 일도 있다. 삼분기에 한 번씩, 완벽하게 혼자서 모두를 한 대 갈긴다. 책상 앞에서 후끈 달아올라 기다리던 시험 결과... «1등은..» 선생님이 잠시 말을 멈춘다. 모든 선생님이 틀린 힌트를 주려고... 맛깔스럽게... 멈춘다. 됐다. 내 이름이 교실에 울려 퍼진다. 선생님의 입에서 술술 흘러나오자 여자애들의 얼굴이 오그라든다. 나다, 나... 파동 앞에 모두 납작 엎드린다. 드니즈 르쉬르, 이 계집애들아, 자, 드니즈 르쉬르다, 얼간이, 음탕한 년, 그러나 어쩔 수 없다. 나는 너희들보다 잘한다. 다른 아이들의 등수와 점수를 말하는 목소리를 더 이상 들을 것도 없다. 내 안에 들어온 내 이름의 심장 박동 소리만이 마침내 현실이 되어 뜨겁다. 나를 괴롭혔지, 엿이나 먹어라, 쌍년들. 또 다른 받아쓰기, 뺄셈이 시작된다. 나는 몸을 떤다. 그 애들이 치고 올라오면 안 되는데! 엉큼하게 따라오면 안 되는데... 나의 우월함과 복수를 지키기 위해 나는 점점 더 학교의 가벼운 놀이에 스며들었다. 어머니는 몹시 기뻐했다. 어머니는 식료품점에서 내가 학교에서 공부를 잘한다고 말했다. «그 애는 마음만 먹으면!» 어머니의 믿을 수 없어 하는 모습이 웃겼다. «아시겠지만 멍청하지는 않아요!»

어머니는 알 수 없는 표정을 지으며 «선생님이 미래의 교수라고 했어요!»라고 했고, 나는 들은 척하지 않기 위해 계산대 밑으로 숨었다. «그렇다고 잘난 척도 하지 않아요. 자랑할 만도 한데… 혼자 알아서 잘하니까 돌볼 필요가 없네요.» 사람들은 내가 잘난 척하지 않고 자랑하지 않으며, 성적에 대해 말하지 않는다는 것에 늘 놀랐다. 그러나 그런 것은 학교에서나 교실에서, 여자애들 앞에서 그리고 선생님 앞에서만 중요했다. 손님들 앞에서나 부모님 앞에서는 중요한 것이 아니었다. 그러나 어머니가 손님들 앞에서 나에 대해 이야기하는 것을 듣는 것은 좋았다. 그 조심스러운 어조와 낮은 목소리… 어머니에게 학교는 신성한 것이고 누구나 들어갈 수 있는 곳이 아니며, 모든 것은 벽 뒤에 감춰져 있는데, 나, 어머니의 딸, 당신의 딸 드니즈는 천부적인 재능과 능력을 가지고 있다는 것이다. 대화의 일부를 듣고 있자니 춤을 추며 웃고 싶다. 나는 학교가 그다지 신비하다고 생각하지 않는다. 나 자신이 특별한 은총을 받았다고 느끼지도 않는다. 여덟 살에서 열두 살 사이, 그때가 좋았다. 나는 두 세상을 오갔고, 아무 생각 없이 그 둘 사이를 통과했다. 실수하지 않으면, 욕설이나 방구석의 회녹색 장과 냄비 바닥에 붙어서 긁어내야 하는 카술레와 관련된 유성의 표현들이 내 입 밖으로 나가지 않게 하면 그만이었다. 학교에서는 배우는 것들이 진짜이고 중요한 것처럼 행동해야 했으며, 선생님이 『품』, 『레미와 콜레트』같은 웃긴 이야기를 들려주면 웃어야 했고, 여자아이들의 장난에 사실 아무렇지도 않지만 질색하는 척하며 비명을 질러야 했다. 남들과 다르지 않기. 모두를 속이기 위해서.

몇 년 동안 적절한 균형을 이뤘다. 6학년 때까지는 이중생활을 했다. 불편함 없이… 그 두 세계는 서로를 방해하지 않고 나란히 있었다. 학교와 집, 어깨를 움츠리고 수프를 혀로 핥아먹는 아버지 그리고 선생님, 거만하고 친숙한 선생님들, 가짜로 친한 척을 하고 난 뒤 곧장 굳어진다. 꿀벌 무늬 원피스를 입은 같은 반 여자아이들과 펄럭이는 치마 속에 너무 늘어나 너덜거리는 팬티를 입은 동네 친구들.

사립학교에서는 반이 바뀌어도 늘 같은 여자애들이었다. 그 애들은 내 성적과 일등인 내 자리를 인정했다. 그것은 나의 자유이자 나의 열의였고, 나의 껍질이었다. 나는 다시 작은 여왕이 됐다. 선생님은 내가 만점을 받고 늘 수업 내용을 이해하고 있다는 이유로 지각, 수다, 잘못된 가정교육, 모든 것을 용서해 주셨다. 입을 다물고, 선생님 역시 속였다. 나는 설명을 들으려고 하지도 않았다. 맥락을 다시 잡을 수 있다고 확신했으니까. 다른 여자애들이 호들갑을 떨고 글씨를 휘갈겨 쓰며 지우개와 연필깎이를 빌리는 동안, 나는 가장 좋아하는 놀이에 몰두한다. 상상 속에서 그 애들의 모습을 바꾸고 조종하는 것. 이쪽은 헤어스타일을, 저쪽은 원피스를 바꾸고, 잔느는 남자아이로, 점점 더 멍청해지는 불쌍한 로즐린은 머리카락이 매우 노란, 또 다른 소년이 된다. 나는 학교가 남녀공학이기를 꿈꿨다… 우리들의 책상이 커진다. 긴 의자 대신에 식탁과 침대가. 교실에서 밥을 먹는다. 나는 더 이상 집에 돌아가지 않는다. 우리는 선생님의 에워싸는 시선과 절대적인 완벽함 속에서 함께 자라고, 논리적 분석과 산술을 들으면서 저녁에는 방석 위에서 잠이 든다. 밤에는 소년들의 머리가 슬그머니 들어온다. 더듬는 손, 잠옷 차림… 내가 무엇을 꿈꾸는지를 여자애들이 알았다면… 그러나 축축하고 외로운 죄책감은 좋은 성적으로 그 무게를 덜어낸다. 나만이 동네 친구들이 마당의 화장실에서 보여준 것을, 벽에 그림을 그려 가르쳐 준 것을 알고 있다. 다른 애들이 마리아 고레티[i]의 이야기를 끔찍

---

i 이탈리아 소녀, 겁탈을 하려던 이웃에게 살해당했다.

해 하며 듣는 동안, 나는 그 바보가 키스하기조차 거부한, 부정한 야성의 소년을 꿈꾼다. 어쨌든 신은 나를 사랑할 수 없다. 가장 먼저인 자가 가장 나중이 될 것이니. 욕을 바가지로 내뱉는 남자들과 어울리는 식료품점 딸, 르쉬르, 첫 고해성사의 타락한 년, 게다가 반에서 일 등, 별도리가 없다... 나는 충분히 결심했고, 자부심조차 느꼈다. 내가 원했다면 위선자들, 유약한 애들 앞에서 소란을 피울 수도 있었다. 교실 한가운데에서 그 애들은 존재를 짐작할 수조차 없는, 해마다 더 신비로워지고 더 매력을 더하는, 내가 아는 것들을 풀어놓을 수도 있었다. 어느 순간에 허벅지를 따라 따뜻하게 미끄러지는 피의 흐름이, 창고의 빨랫줄에 걸린 얼룩진 세탁물이, 속치마에 묻어 굳어버린 붉은 자국이 나를 기다리고 있다. 내게만 기분 좋은 광경이 미지근하고 축축한 것을 만난다. 소년과 소녀의 섞인 오줌, 서늘하고 부드러운 손의 따가움... 나는 이웃집 여자애의 블라우스, 그 야름다운, 부푼 두 언덕을 훔쳐본다... 큰 에블린, 어느 날 그 애는 작은 내가 그녀와 무엇이 다른지 확인하기 위해 나를 부른다. 나는 아무 말 없이 끈적한 손가락을 뺀다. 지난 방학, 클로파르 길 지하 창고에서 했던 음흉한 놀이와 학교의 살랑거리고 가벼운, 맑은 세계, 내가 순진한 척 연기하는 순수한 세계, 지하실과 문지방에 붉은색 물결이 넘실거리도록 구토하는 술주정뱅이에게서 멀리 떨어진 곳으로 날아오르기 위한 세계를 뒤섞는 게 부끄러웠다. 나는 그 세계를 어떤 모델처럼 늘 머릿속에 넣고 다니기 시작했다. 잔 다르크가 가장 먼저 왔고, 다음은 골족들, 다윗 왕, 생 루이... 지리 수업도 도시를 횡단하는 거대한 마차처럼 미끄러져 들어온다. 시골, 루아르강의 원천인 그곳, 알프스산맥이 솟아 있는 곳, 사하라의 모래가 내 눈을 가득 채우는... 어떻게 억양까지 참지 않을 수 있었겠는가, 낯선 것을 향해, 진흙과 식사 시간의 푸념, 모욕으로 뒤덮인 가게에는 없는 모든 것을 향해 문을 활짝 여는 선생님의 단어들을... 나는 어떤 노력도 하지 않았다. 연속적인 장면들, 단어들이 저절로 머릿속에 박혔으니까... 거기, 아주 멀리, 나의 마당 너머에 존재하는 것 혹은 존재했던 것은 어느 것도 잊을 수 없었다. 구름을 사랑하게 되고 저녁에는 복습을 마친 후에, 그곳에서 장작을, 인도의 도시를, 모든 장미를, 사자들이 바닷가를 찾아와 평화롭게 물을 마시는 것을 보았다.

그러나 항상 나를 쫓아다니며, 나에게서 나 자신을 앗아가고, 내 주변을 완전히 무너뜨린 가장 아름다운 발견은 독서와 내가 공부하는 어휘와 문법이다. 예의 바르고 어여쁜 아이들, 그들에게는 늘 언니나 오빠가 있으며, 현관, 거실, 욕실이 있는 큰 집에서 조화로운 삶을 산다. 저녁의 몸단장, 저녁 식사 벨 소리, 사업을 하시는 아버지, 아름다운 안주인, 어머니... 그들이 자신의 아이들을 한없이 부드럽게 «내 사랑»이라고 부르고, 아이들은 예쁜 노부인인 할머니에게 «고마워요, 할머니»라고 대답한다. 그 누구도 저녁에 돈을 세지 않고, 부모님은 다투지 않으며, 술 취한 사람도 결코 없다. 그 책들은 우리처럼 말하지 않는다. 그들만의 단어와, 내 것과는 다른 세계를 알리는 그들만의 표현 방식이 있다. 레미의 엄마는 친구에게 '작별을 고한다'고 했다. 내 어머니는 그 장면에 들어갈 수 없다. 아버지도 마찬가지로 가까운 동료와의 관계 속에서 담소를 나누고 대화를 하고 긴 이야기를 나눌 수 없다. 나를 매료시키는 그 단어들을 붙잡아 내게 두고, 내 글 속에 넣고 싶다. 나는 그것들을 내 것으로 만들었다. 사실상 그 일은 책이 말하는 모든 것을 내 것으로 만드는 일이기도 했다. 나는 작문을 통해 프랑스 전국을 여행하는 드니즈 르쉬르 — 나는 루앙과 아브르보다 더 먼 곳을 가본 적이 없었다 — 를 창조했고, 그 드니즈 르쉬르는 오건디 드레스를 입고 풀솜 실로 된 장갑을 끼고 부드러운 스카프를 두르고 있었는데, 그것은 그 단어들을 책에서 읽었기 때문이었다. 더 이상 여자애들의 입을 다물게 하기 위해서가 아니라, 나의 세계보다 더 아름답고 더 순수하고 더 풍부한 세계에서 살기 위해 그런 이야기를 지어냈다. 모든 것이 단어로 되어 있다. 나는 책 속의 단어들을 좋아하며 모든 단어를 공부한다. 내게 가운데 페이지가 분홍색인『라루스 사전』을 선물해 주신 어머니는 내가 그 책에 파묻혀 몇 시간을 보낸다는 사실을 선생님께 자랑스럽게 털어놓으신다. 언제나 우아하다! 이상하면서도 세련된, 둔하지 않고 잘 정돈된, 발음되고 나면 내게는 다르게 울리는 언어. 보르낭은 믿을 수 없을 것이다. 해봤어야 알 텐데, 그가 해봤을 리 없다. 느껴진다. 속았다, 나는 완전히 속았다. 그러나 우리 집에서는 아무도 그것이 무슨 의미인지 이해하지 못할 것이다... 그래서 나는 새로운 단어들은 글을 쓸 때만 사용하고, 내게 가능한 그것들의 유일한 형태를 단어들에 되돌려준다. 입으로는 되지 않는다. 선생님들은 알림장에 좋은 성적에도 불구하고 말하는 게 어색하다고 적었다... 내 안에 두 개의 언어가 있다. 책의 검은 점들, 미친 메뚜기와 우아한 메뚜기, 우아한 말 옆에 천박한 말,

뱃속에, 머릿속에 박히는 외설스럽고 거칠고 강한 말들, 위쪽 층계에서 비스킷 상자를 놓고 울게 했던, 계산대 밑에서 웃게 했던… «화가 난 아버지가 아들을 질책했다», 문법은 그렇게 말하지만, 그것은 중요하지 않다. 그러나 «더러운 년이 손님들의 치즈에 손댔네!»라고 말하면 가게는 어두워지고 엄마가 고함을 지른다… 유일하게 진짜인 것들, 어디서나, 다리 사이에서도 느끼는 것들이 거기 있다. 먹고 밤새 토했던 분홍색 케이크, 어머니는 어둠 속에서 내게 속삭인다. «박하를 삼켜라, 속이 갤 거야.» 아버지가 씻는 병에서 솔이 덜컹거리는 또렷한 소리와 «애들은 저리 가!»라는 아버지의 말, 아주 뜨거운 곳에서 «여기 손대지 마, 다치니까»하시던 목소리… 반향판, 허누르개, 우의적인, 그것, 그것은 언제나 놀이였다. 나는 분홍색 페이지를 달달 외웠다. 상상의 나라의 언어… 다른 세계로 들어가는 암호가 있는 시스템은 모두 인위적이었다. 몸에 붙지 않았고, 분명 내게 맞지 않았다. 엄마는 창녀처럼 꼬챙이에 꽂혔네, 라고 말했을 것이다. 그 늙은 여자의 질경으로 벌어진 다리, 나는 그런 식으로 말해야 한다. 보르낭이나 지드 혹은 빅토르 위고의 단어로 말해서는 안 된다. 내가 삼킬 수 있었던 모든 이야기들, 문학, 소설들… 거기 깊은 곳에 부모님의 말들이, 수십억 개의 다른 단어들, 노란색 중급 문법 문제,『리제트[i]』『용감한 영혼들[ii]』, 녹색 도서관, 독서 해설, 고전,『라가르와 미샤르[iii]』에 묻혀 있던, 내가 피하려 했거나 혹은 의도치 않게 잊어버렸던 그 말들이 사방으로 들어왔다. 나는 처음의 것, 진짜를 되찾을 수 없을 것이다. 학교, 책 속의 단어들은 이제 아무 소용 없다. 그것은 증발한 말들이며, 눈속임이며, 쓰레기들일 뿐이다.

《저 애는 매일 책만 봐. 거짓말이 아니야!》 아버지가 나에 대해 손님들에게 말한다. 나는 대답하지 않고 긴 의자 두 개를 바깥으로 끌고 나가 하나는 엉덩이에, 다른 하나는 발과 간식을 올려놓고, 진짜 르쉬르, 새로운 르쉬르, 잡지『리제트』속 아이리스 블루 마을의 베짱이 농가, 까마귀 성에 사는, 그 예쁜 장밋빛 어린이들의 여자친구가 되기 위해 편안히 앉는 것을 즐긴다. 나는 영웅들과 함께하고, 그들의 그늘에서 산다. 고개를 들고, 빵을 한입 베어 물면 튀어나오는 버터를 손가락으로 펴는 동안, 나는 여주인공과의 만남을 지어낸다. 눈을 감고 버터 바른 빵을 먹지만, 그것은 아이리스 블루

---

i 여성 잡지.
ii 주간지.
iii 프랑스 작가들의 전기와 글을 담은 교과서.

빌라의 차가운 닭고기로 변하고, 나는 여주인공이 마시는 음료에 목이 마른다. 그러나 나는 불행한 여주인공을 더 좋아한다. 식료품점에서 가져온 사탕을 마음껏 먹이거나 침대에서 따뜻하게 안아 줄 수 있는 여주인공들. 나는 책의 마지막 장까지 그녀들을 쉽게 놓지 않는다. 어떤 이들은 몇 개월 동안 그곳이 어디든 나를 쫓아온다. 나는 여주인공 역을 위해 말 없는 동반자 역을 포기하는 편을 택한다. 리포터, 자누[i]가 알프스 마을에서 길을 잃었다. 그녀는 농부의 집에서 간소하게 점심을 먹고, 마을 사람들은 저녁 모임을 위해 등을 가지고 온다. 그녀는 급여가 나오는 토요일 저녁, 손님들이 돈을 쥐꼬리만큼 냈을 때 내가 들었던 고함을 들으며 침실에서 잠이 든다. 아니면 맛있는 파테를 향해 달려든 불쌍한 코제트는 어떤가. 그녀는 요리용 화덕에 언 발을 녹인다. 그녀를 받아 준 사람들, 친딸처럼 여기는 르쉬르 부부는 용감한 사람들이다. 그러나 나는 10살이고 『컨피던스』, 『초가집의 밤 모임』은 『주간 수제트[ii]』로 시작했던 이야기에 장면을 더한다. 입술이 닿은 그들은 강렬한 키스로 하나가 된다. 밤에 침대에서 내

---

i 어린이용 그림책의 주인공.
ii 1905에서 1960년까지 발간됐던 소녀 잡지.

여주인공들을 상상해보면, 그녀들은 모두 같은 운명을 겪지만 절대 타락하지는 않는다. 타락하는 것은 나뿐이다... 아름다운 이야기 속으로 달아나기... 내게 작가는 존재하지 않았다. 작가는 실존하는 인물들의 삶을 옮길 뿐이다. 내 머릿속은 자유롭고, 부유하며 행복한 사람들 혹은 어두운 불행에 빠져 있지만, 대단한, 부모님이 없는 사람들, 누더기를 걸치고 굳은 빵을 먹는, 어디에도 속하지 않은 사람들로 가득 찼다. 내 꿈은 다른 여자애가 되는 것. 목요일의 『리제트』와 화요일의 『주간 수제트』의 환상적인 언어와, 어머니가 주방 찬장 또는 냄비 밑에 보관한 여성 잡지에 이끌려 나는 나 자신에게서 멀어졌다... 카페 겸 식료품점, 내 부모는 분명 진짜가 아니었다. 어느 날 저녁에는 잠을 자러 갔다가 길가에서 깬 적이 있었다. 나는 성에 들어가려 했고, 벨이 울리면 숙달된 호텔 지배인의 시중을 받는 우아한 남자에게 《안녕, 아빠!》라고 말하려 했다. 클로파르 길의 내 인생이 다른 삶의 이면일 수는 없었다. 그것은 너무 유명한 동상에 둘러싸여 죄와 하늘나라와 지옥만을 말하는 교회의 하나님이 아닌, 알 수 없는 강력한 존재가 내리는 시험이었다. 책은 나를 조금도 비난하지 않는다. 투명하고 분명한 나의 여주인공들의 인생은 나를 냄새

나는 상점의 누가 도둑으로, 거울 앞에서 들쳐 올린 치마로, 술 취한 노인들에게 던지는 조소로 돌려보내지 않는다. 오히려 책은 모든 것이 잠잠했을 때 내 머릿속에 살던, 내가 원하는 모습 그대로 드니즈 르쉬르의 희미한 윤곽을 그린다. 나는 술집의 소음도 적당히 넘겼다. 무일푼 남자의 처참한 흔들림, 어디로 쓰러질까, 그 남자도 내 공상을 방해하지 못했다. 다만 갑자기 어머니에게 얻어맞은 뜨거운 뺨, 어머니와 아버지의 다툼, 벌떡 일어나 주방으로 가는 위협적인 손님, 저 남자가 다 때려 부술 거야! 그런 것들이 나를 방해했을 뿐, 나의 이중적인 생활을 어마어마한 무성의 고동으로, 아무것도 아닌 것으로 만들었을 뿐. 다른 모든 순간은 가벼운 나의 존재들을 산책시키기에 좋았다. 아침, 커피잔에 비친 얼굴, 그것은 아메리카 대륙의 인디언이자 『페드로』 속의 '작은 이민자'다. 학교에서는 제인 에어가 되어 블랙 허스트 씨를 미워하고, 점심에는 죽이 담긴 접시 앞에 있는 창고의 올리버 트위스트가 됐다. 연재소설을 따라 살다가 사라진 모든 나딘, 비비안, 카롤린, 소녀들의 엄청난 행진, 나는 그녀들이 내 안에, 내 집에 들어오게 하기 위해, 그리고 나 역시 나 자신에게 멀어지기 위해 그녀들의 진정한 모험을 살살이 살핀다. 조금씩 독서가 불필요해진다. 나는 혼자서 이름을, 도시를, 가족을 지어낸다. 나는 파리, 클로파르 길에 있다. 이곳은 파리의 16구다. 아침에 레퓌블리크 길을 지날 때마다 돌을 깎아서 만든 커다란 집을 고른다. 잔디밭이 있는, 레이스 커튼이 달린 그 빌라들. 11시 반에 집으로 돌아오면 부모님이 점심에 초대한 손님들의 차가 보인다. 내가 문을 열면 손님들이 뒤돌아본다. 나는 델리[i]의 소설처럼 이 모든 소작인들에게 미소를 짓는다. 어머니는 식사를 준비하고 아버지는 거실에 있다. 식료품점도 카페도 없다. 방 안에서 벨이 울리기를 기다린다. 마리 앙투아네트 딜락, 16세기, 사교 모임, 테니스, 승마… 끝없이 다시 시작된다.

몇 시간 동안 미친 이야기를 지어낸다. 우스운 자만, 조현병 환자들의 동화… 나는 이미 비교하고 있었을 것이다. 하단에 녹물이 든 어머니의 흰색 블라우스를 무시하고 싶었을 것이다. «식초야», 어머니는 말했다. 벨트 아래위로 묻은 회색 얼룩, 술병을 담는 상자들이 부딪치는 소리, 아버지가 식탁 끝에서 식사를 마치고 칼을 내려놓을 때 나는 소리, 수프를 핥는 소리, 저녁 시간

---

i 로맨스 소설을 공저한 남매, 잔느 마리 쁘띠드장 드라로지에르, 프레드릭 쁘띠드장 드라로지에르의 필명

의 더러운 취객들… 어쩌면 내 세상들 사이에 균형 같은 것은 애초에 없었는지도 모른다. 지표처럼 하나를 골라야만 했다, 어쩔 수 없다. 내가 내 부모, 르쉬르 가족의 세상을 골랐더라면 더 나빴을 것이다. 인생의 반은 싸구려 포도주를 마시고, 좋은 성적을 받으려고 하지도 않고, 계산대 뒤에서 감자를 팔아도 아무렇지도 않았을 것이며, 대학에도 가지 않았을 것이다. 모든 가게와 선술집, 외상을 하는 초라한 손님들을 미워해야만 했을 것이다. 나는 핑계를 찾고 있다. 어쩌면 다른 방식으로 벗어날 수도 있을 텐데. 그런데 무엇에서 벗어난다는 것인가… 나는 집에서 학교까지 걸어가면서 그 우스운 꿈을 꿨다. 종말이다. 아무도 없고 나만 남았다. 모네트도 있다. 동네 몇몇 남자애들도, 집들, 빌라들, 시내의 대형 상점들도 그대로 남아 있다… 축제! 혼란! 보석, 케이크, 드레스… 상상하는 모든 방에 들어간다. 모든 것을 갖는다… 그런 것을 허락하는 것은 종말뿐이었다. 엄청난 꿈이지 않는가! 나는 분명 좋은 사람들과 나쁜 사람들, 내 사람들을 이미 비교했을 것이다.

나의 두 세계의 단절을 촉진하는 것들. 내 어머니, 어머니는 늘 당신이 말씀하신 것처럼 나의 행복을 위해 애쓰셨다. 아름다운 올해 여름, 침대에서 『집 없는 아이』를 읽고 또 읽으며 늦장을 부리다가 소시지 끄트머리, 설탕, 비스킷, 석류 시럽을 쌓아 올리며 오후의 파티를 준비한다. 동네 남자애 둘과 모네트 그리고 또 다른 여자애가 밥을 먹으러 왔다. 그들은 빨래판 위에서 장난을 치고 술병을 담는 빈 상자에 들어가서 서로를 끌어 준다. 나는 군림한다. 부풀었다 터지는 추잉껌, 술 취한 사람들 흉내 내기, 싸움, 이것은 축제다. 그러나 마당이 작아지고 해가 벽 뒤로 넘어가자 우리는 다른 것을 하고 싶다. 우리는 클로파르 길을 내려간다. 백 미터 아래에서 우리는 방울 술 같은 장미와 보잘것없는 꽃들의 작은 꽃잎들을 색종이 조각과 함께 던지는 놀이를 개발한다. 남자애들이 손에 장미 나무를 쥐고 흔든다. 어느 노파가 천천히 나와서 우리를 본다. 노파는 무슨 말을 해야 할지 모른다. «거기, 거기..» 반복해서 말한다. 웃음이 터진다. 저 늙은이는 제정신이 아니다. 미쳤다! 꽃을 꺾었더니 덥다. 찔린 손가락에서 피가 나고 원피스는 색이 바랬다. 저녁의 카드 게임과 주먹질의 먼지 냄새가 난다. «멍청한 년!» 남자애들이 아무 생각 없이 욕을 내뱉는다. 노망난 늙은 년, 얼간이, 개새끼, 그러자 노파는 뒷걸음질로 가서 문을 걸어 잠근다. 노파가 다시 창에 나타난 것이 보인다. 갑자기 노파가 닭 같은 눈

밑으로 커다란 혀를 내민다. 보라색 혀... 그냥 두자, 우리는 기고만장하여 돌아간다. 곳곳이 장미다. 목에도, 원피스에도, 벨트까지. 미셸은 반바지 아래부터 후줄근한 신발 위까지 개울 같은 커다랗고 긴 회색 자국이 생겼다. 그의 셔츠가 너덜거린다. 여자애들을 밀고 꼬집고 엉킨 머리카락을 잡아당긴다. «그만해!» 모네트가 «좋아, 저 녀석 팬티를 벗기자»라고 속삭인다. 미셸은 아무 말도 하지 않았지만, 모네트의 주방으로 우리를 따라 들어온다. 모네트의 어머니가 차양을 내려 어둑한 공간에서 그의 다리가 까매졌다. 우리가 벨트를, 팔을 당겨 잡아끌자 미셸은 화덕의 뜨거운 물을 받는 작은 구리 양동이 옆에서 뒤로 넘어진다. 각자 한 쪽씩 잡고 팔꿈치로 배를 누르고 반바지를 지그재그로 내린다... 배를 깐다. 그 애는 움직이지 않고 있다. 자연 과학책 속의 물이 부족해 축 처진 해파리 같은 것. 만져봐야 할 물컹한 살로 된 굵은 손잡이... 우리들의 손이 아래에서 만난다. «조심해, 뜨거워!» 사방으로 발버둥 치는 발가벗은 그것의 무게를 헤아리기 위해 손을 뺐다가 밑으로 슬쩍 밀어 넣는다. 해파리가 공기를 마시자 커진다, 부푼다, 단단해진다. 하얀 살 위로 늘어난다. 숨이 가빠지고 입을 벌리고... «누구부터 나랑 잘래?» 사방으로 부덮치는 칼, 성 마리아 고레티! «엄마!» 미셸은 재빨리 팬티를 다시 입는다. 모네트의 어머니가 볼 새는 없었지만, 그래도 모네트는 엎질러진 뜨거운 물 때문에 따귀를 맞는다. 미셸은 〈나의 작은 광기〉를 휘파람으로 분다. 나는 물컹하다가 단단해진 피부겹 속에서 허우적대며 혼자 돌아간다. 손이 무겁다. 커지는, 되풀이 되는 몸짓들, 손가락과 뒤섞인다. 너무 가득찬 이미지들. 어머니가 가게 앞에서 나를 기다리고 계셨다. 주먹이 날아오고, 머리를 맞고, 난리가 났다. «이 나쁜 년! 더러운 년! 암퇘지! 내가 혼쭐을 내주마!» 어떻게 어머니는 우리가 미셸에게 한 짓을 볼 수 있었을까? 나는 오 분 후에, 장미를 뺏긴 미친 여자가 식료품점에 하소연하러 왔다는 것을, 그 늙은이가 모든 것을 말했다는 사실을 알게 됐다. 그 여자가 르쉬르 집에 온 것이다. 드니즈는 사립 학교에 가야 하니까 더 교육을 잘 받아야 하지 않겠냐고… 어머니는 제대로 숨을 쉬지 못한다. 분개하고 분해하며, 얼굴이 시퍼레지도록 분노한다. «온 동네를 얼쩡거리고 다니는 짓은 끝내! 학교에서 1등인 애가 잘 하는 짓이다! 게다가 사립 학교인데!» 어머니는 갑자기 선택해야 한다는 사실을 깨달았다는 듯 말했다. «너 학교에 친구들이 있을 거 아니니? 그 애들을 데려와!»

사실상 어머니의 잘못이다. 어머니가 단절시킨 것이다. 어머니는 내가 더는 학교에서 우등생이 아닐까 봐, 모네트처럼 될까 봐 두려워했다. 나는 관심 없었다. 행복했으니까... 어머니는 나를 집에 붙잡아 두면, 내가 «대단한 사람»이 될 것이라고 믿었다. 어머니가 다 한 것이다... 어머니의 잘못이다. 어찌 됐든 국립 학교에 갔던 모네트나 다른 여자애들과는 오래가지 못했을 것이다. 단지 모네트가 그 무언가를 명확하게 해줬을 뿐... 다음 해는 성체 배령이 있었고, 피정(避靜)에서 모네트를 쳐다보지도 않았다. 나는 교리 시험에서 1등을 해서 교회의 첫 줄에 앉았고, 단 한 번도 뒤를 돌아보지 않았다. 같은 반 여자애들에게 내가 모네트를 안다는 사실을 들키고 싶지 않았다. 곧바로 알아챘을 테니까. 모네트는 5월 중순에 너무 짧은 토끼털 코트를 입고 있었고, 악성 곱슬머리는 양털 같았다. 선생님은 매일 끼리끼리 모인다고 하셨다. 기도대에 발을 올리고 자신의 물음에 늘 대답을 하라고 종알거리는 사제장을 마주하며, 나는 모네트를 닮고 싶은 마음이 없으며 그 애가 훌륭하지 않고 부자연스러우며 미천하다고 생각했다. 더는 클로파르 동네 아이들을 상대로 절대적인 권위를 가진 사람처럼 연기하고 싶지 않았다. 그렇다고 학교 친구들을 집에 초대하지도 않았다. 그건 불가능했다. 그 애들이 우연히 가게 앞을 지나갈 때면 여전히 이런저런 말이 들렸다. «어제 네가 사는 곳을 봤어!» 혹은 «너는 사탕을 얼마나 많이 먹어야 하니?» 응큼하다. 최악은 어떤 애들이 물건을 사러 왔다는 것이다. 그 애들은 내가 있는지 살폈다. 어머니는 들떠서 말했다. «니니즈! 친구들이 왔어!» 나는 내가 집에 없다는 것을 믿게 하려고 항상 계단 위쪽에 숨었다. 모든 것을 곁눈질하고, 그 애들이 다른 애들에게 모든 것을 이야기한다. 니니즈네 집은 좋은 곳이 아니야. 남자들이 술을 마시고, 현대적이지 않은 낡은 가게야. 깨끗한 쿱과는 다르다니까. 그 애들을 초대하느니 차라리 아픈 게 낫다. 아무것도 모르는 어머니는 같은 학교에 다닌다는 이유로 내가 다른 애들과 같다고 믿었다. 어머니는 언제나 내가 의기소침해진 듯하면 «너도 그 애들 못지않아»라고 말씀하셨다. 어머니는 그런 말을 해서는 안 됐다. 나는 그것이 그 반대를 의미한다는 것을 잘 알고 있었으니까. 이제 책과 학교밖에 없다. 그 외의 것들은 더 이상 보지 않기 시작했다.

모네트는 내 뒤에, 멀리 떨어져 있다. 첫 줄 끄트머리

---

i 식료품 조합.

에 키가 작고 얼굴이 몹시 붉은 교장 선생님이 손에 캐스터네츠를 들고 나를 보며 격려의 미소를 지으신다. 《놀러 나가느라 교회에 가지 않는 것은 죽음을 면할 수 없는 죄입니다.》 교장 선생님을 본다. 교장 선생님은 기쁨으로 고개를 끄덕이고, 나는 첫 번째 교리 문답 상을 받았다. 나는 모네트가 내가 모든 것을 안다는 사실을 보고 들었으면 했다. 척척박사! 분홍색 혹은 녹색 사제복 이야기, 성체 배령 전의 달콤한 박하사탕, 자발적으로, 죽음을 면치 못하는 죄, 고의가 아닌, 용서받을 수 있는, 불의 혀, 지성, 과학, 조언, 나는 모든 것을 기억했고 요령 있게 해냈다. 모든 것이 죄와 죄가 아닌 것, '네'와 '아니요' 주위를 맴돌았다. 세련되고 섬세한 공부다. 모든 것이 나를 둘러싸고 두 기둥, 성체 배령의, 수석 사제관의 선과 악으로 갈라진다. 나만이 혼자, 분류할 수 없는 나의 오래된 죄와 함께 남았다. 그것은 죽음을 면치 못하는 죄도, 용서받을 수 있는 죄도 아니다. 형언할 수도 없다. 더러운 창녀, 그건 만지지 마, 훔친 사랑, 공사장 인부들의 도시락 바닥을 긁어서 먹은 카술레, 수업 시간의 무기력한 몽상들과 무엇보다 내 부모님들, 나의 더러운 상인들의 세계와 뒤섞여 있는 죄.

중요한 날이 있었다. 나는 성체 배령을 제대로 하지

않았다. 나 혼자만 모든 교리를 알고 있었고 수석 사제 관은 계속 기뻐했다. 그러나 겉으로만 그런 것이었다. 손으로 머리를 쥐고 성녀가 되려고 했다. 모네트는 뒤 쪽 의자에서 분명히 웃고 있었을 것이다. 손… 땀이 흥건해서 오줌인 줄 알았다가 냄새로 차이를 느꼈다. 어쩔 수 없다. 생각하고 싶지 않을수록 더 생각하게 된다. 오, 천사가 둘러싸고 있는 신성한 제단이여… 게다가 나는 내 원피스가 매우 아름답다고 믿었다. 어머니가 비싸게 주고 산 것이지만 다른 여자애들과 비교하면 단순한 편이었다. 베레모가 내 파마머리의 볼륨을 죽였다. 그게 아니었다. 교장 선생님은 두 여자애에게 귀엽다고 속삭였다. 그 애들은 가족들과 함께 차를 타고 왔다. 나는 교장 선생님이 내 가족을 알아볼까 두려웠다. 내 가족은 빛나지 않았다. 삼촌과 이모들은 늦었다. 꾸미는 데 익숙하지 않은 그들에게는 시간이 필요했다. 식이 끝나고 나오면서 누군가 내 옆에 있는 여자애들의 사진을 찍었고, 나는 그 애들이 잘 보이도록 물러났다. 나의 경우는 여자들이 나를 사진관으로 데려갔고, 남자들은 리옹도르 카페에서 식전주를 마셨다. 우리는 걸어서 클로파르 길로 다시 내려왔고, 카페에는 식

사가 차려져 있었다. 연어, 닭고기, 피에스 몽테[i]가 있었
다. 나는 식사 중간중간에 사촌들과 함께 마당에서 놀
았다. 나는 하얀 치마에 빨갛고 큰 얼룩이 묻지 않았는
지 살폈다. 그랬다면 환상적이었을 텐데... 실망만 하나
더 늘었다. 나는 이 축제를 『주간 수제트』에서 나온 어
린이 공연 〈세상의 메아리〉에서 묘사한 내용을 바탕으
로 상상해왔다. 어떤 여자에게 요리와 메뉴를 적어주
고 꽃바구니를 놓아 달라고 주문했기 때문에 훌륭한
사람들이 하는 접대와 비슷할 거라고 생각했었다. 하
루의 반이 갔고, 예상대로 돌아가지 않는다는 것을 깨
달았다. 식사는 너무 길었다. 어머니는 다른 누구보다
더 크게 소리를 질렀다. 어머니는 엉덩이 사이에 치마
가 낀 것을 보지 못하셨다. 사촌들은 모네트를 닮았고
상스럽고 예의 없는 말을 했다. 사촌들은 껌 통을 비웠
다. 그들도 외출을 즐겨야 했다. 우리는 머스터드 소스
용 숟가락을 들고 싸웠고, 나는 소매에 크고 노란 얼룩
을 묻혔다. 저녁 예배에는 아주 높은 음의 노래를 불렀
다. 나는 소매를 감췄고 교장 선생님은 보지 못하셨다.
삼촌들이 오지 않기를 바랐다. 삼촌들이 술을 꽤 마셔
서 들킬 것 같았다. 나는 노래를 멈춘다. 노란 늪에 버

---

i 케이크나 빵을 쌓아서 높이 올린 음식으로 주로 결혼식, 성찬식 등에 먹는다.

려진 것 같다. 조명, 촛대, 찬송가가 깨끗한 물결처럼 올라온다. 타일 위에 있는 것은 나뿐이다. 승리는 끝이다, 드니즈 르쉬르, 교리 수업 일등, 우월함, 이상적인 성체 배령의 날에 대한 기대, 부케, 선물, 내 원피스는 싸구려 같고 더럽다. 그들은 먹고, 농부의 사도신경을 고래고래 소리 지른다. 오늘 저녁은 더 심할 것이다. 그렇지만 그들이 파티를 하는 것은 나 때문인데, 한 번도 어디가본 적 없는 사람들처럼 산만하게 행동하며 팔을 흔드는 대신에 점잖은 사람들처럼 조심하고 바르게 행동하고 큰 장사를 하는 상인인 척, 농부인 척 나를 위해 할 수도 있지 않은가. 면병이 혀에 붙었을 때 아무 맛도 느끼지 못한 것은 그들 때문이다. 나는 그것을 조각내어 떨어트리는 죽을죄를 지었다. 신이시여, 신이시여, 내 잘못이 아닙니다. 내 부모님이 다른 사람들처럼 되도록 바꿔 주세요… 잔느와 로즐린이 아니고 왜 하필이면 나인가. 젊고 아름다운 잔느의 어머니가 헌금을 걷는다. 모네트, 그 애는 무관심하다. 나는 확신한다. 모네트는 그 애들이 뻐긴다고 여길 것이다. 나는 모네트와 다르다. 일단 성적도 좋고, 개학을 하면 여전히 사립 학교 6학년에 들어가게 된다. 모네트는 수료증을 받은 후에 섬유 공장에 취직할 것이다. 나는 분노로 눈물이 날 것 같다. 또다시 신이 한 짓이다. 그가 이 모든 것을 원했다… 다른 날보다 열 배는 더 최악이었던 이 첫 번째 성체 배령에 예민하게 군 것은 잘한 일이다. 내 가족들이 교장 선생님의 예리한 시선에 노출됐으니까. 그나마 다행인 것은, 그들이 서로에게 다가가지 않았다는 것이다. 서로가 다른 부류의 사람이라는 것을 알아차렸을 것이다. 다시 나온 모든 천박함이 축제의 날에 펼쳐진다… 그리고 그 꿈, 나를 위로하기 위해 그토록 원했던 그 붉은 혈의 분출, 생리조차 오지 않았다. 나는 차라리 교리 수업에서 꼴찌를 해서 예복을 입고 잔느의 가족 곁에 있고 싶었다…

상황을 더 비관적으로 봤다. 거기에 비하면 낙태 기구는 쾌락의 일부라고 할 수 있겠다… 열 살에는 어떤 일들이 엄청나게 느껴지고, 갈피를 잡지 못하고, 아무것도 보지 못한다. 경험이 부족하니까. 그래도 나는 저녁을 잔뜩 먹고 아무렇지 않은 척 숨을 참으며 외설적인 이야기를 들었다. 죄, 웃기는 소리, 그리고 나는 다시 사촌들과 덧창을 내린 식료품점에서 놀았다. 사촌 언니가 블라우스 안에 뭐가 있는지를 보여줬다. 아마도 그것이 가장 중요하며 가장 현실적이었을 것이다. 내가 그것을 생각하는 것보다 분명한 것은 아무것도 없다. 오래전부터 더는 그들이 견딜 수 없었다. 임신. 우리가 어떤 희생을 했는데, 네가 더 멀리 가라고 모든 것을 다했는데, 모든 것을! 자, 봐, 네가 어떻게 은혜를 갚았는지! 이성을 완전히 놓아 버리다니, 넌 의식을 잃은 거야, 나쁜 년! 더러운 년! 우리 말을 들은 적이 없었어, 이 오만한 창녀! 그들이 모르는 게 더 낫다. 나는 낙태 전문 산파에게 그들이 준 돈으로 비용을 지불했다는 것이 마음에 걸린다. 이번 학기 장학금으로 내고 싶었지만 충분하지 않았다. 늘 마찬가지다. 그들을 버리고 싶었던 적은 없었다. 내가 하고 싶었던 것을 할 뿐이다. 부모님은 여름 캠프에 나를 보내지 않으려고 했다. 아니다, 내가 가기 싫었나, 잘 모르겠다. 아마도 부모님을 너무 귀찮게 하고 싶지 않았을 것이다. 어쩌면 부모님을 그렇게 싫어하지 않았는지도 모르겠다. 나는 멀어졌고 더는 그들을 보지 않았지만, 그들에게서 떨어질 수는 없었다. 6학년에 올라가 맞이한 성체 배령식에서 그 이상한 감정은 커지기 시작했다. 숙제할 때나 시험을 볼 때, 마당의 구석에서, 목요일과 일요일 이불 속에서, 계단 위쪽에 숨어서 책을 읽을 때를 제외하고는 어디에서도 편하지 않았다. 나는 아무도 무시하지 않았고 까다롭지도 않았다. 어머니도 그런 점을 인정하셨다. «저 애는 원하는 건 다 습득해요. 저 애를 키우는 게 힘들지는 않은데…» 나는 아무것도 보지 않기 시작했다. 모른 척하기 시작했다. 가게, 카페, 손님들, 부모님조차도. 나는 그곳에 없는 것이다. 부모님 말씀처럼 숙제와 책 속에 있다. «그렇게 하면 머리가 아프지 않니?» 말수가 점점 줄어드는 것이 짜증 난다. 그들은 하던 일을 멈추자마자 만족스럽다 못해 감탄의 눈빛으로 나를 보며 묻고, 아무리 그들에게 설명을 해도 모두 어긋난다. «선생님은 뭐라고 하시니? — 선생님이 뭐라고 하시기를 바라는데? — 그래, 선생님 말씀을 잘 들어야 해! 알겠지?» 내가 웃기는 이야기를 해도 그들에게는 재미있지 않다. 나머지는 시도해 볼 필요도 없다. 6학년 때부터 대수학과 화학 다음으로 영어와 라틴어를 공부해왔는데, 부모님은 좋아하면서도 내 설명을 듣고 싶어 하지 않는다. «아주 좋아. 열심히 배우려고 노력하렴. 그게 우리가 원하는 것이야. 너도 나중에 우리한테 고마워하게 될 거야.» 그들은 나의 행복과 그들의 친절함에 대해 떠든다. «내가 네 나이에는 끈 만드는 공장에서 일하려고 다섯 시에 일어났어. 우리는 네가 와인 한 잔 따르는 것도 원치 않아.» 가게나 카페를 통과할 때, 손님들에게 건네는 간단한 인사. 나는 점점 더 멀어진다… 부재한다.

나는 학교에서 깨어난다. 여자애들은 더 이상 나를 모욕하지 않았다. 아주 오래전부터 스물네 명의 학생들 중에서 일등을 해 온 드니즈 르쉬르. 나는 한 시, 부모님이 단편적인 지식을 알기 위해 룩셈부르크 채널의 장 그랑무장을 듣기 시작하면 집을 나섰고, 학교에 가서 급식을 먹는 아이들과 한 시 반 종이 울리기 전까지 떠들었다. 저녁에는 새로 지은 도시의 예쁜 가게들 앞을 산책했다. 클로파르 길로 뛰어서 돌아올 때면, 누레진 건물들은 절대 보지 않았다. 커브를 돌면 보이는 르쉬르 카페 겸 식료품점. 나는 가게로 뛰어 들어가서 나를 뚫어지게 바라보는 손님들 앞을 가로질렀다. 주방의 테이블 귀퉁이에서 다림질 거리와 신문 혹은 바느질 상자를 밀고 버터 바른 빵을 먹으려고 했다. 몇몇 사람들, 결핵 환자 포르쉬, «지병»이 있는 사람, 경화증, 부우르 아버지, 늘 똑같은 이들이 열린 문틈으로 나를 곁눈질한다. 그들은 내가 제일 먼저 인사하지 않기로 마음먹은 사람들이다. 그들의 공허한 눈, 담배꽁초… 저녁을 먹을 때까지 몇 시간 동안 노트에, 책에 집중한다. 모든 것을 안다고 확신한다. 단어들 사이를 한가로이 걷고, 고개를 들고 그것을 되새김질하며 잊힌 단어를 찾는 일에 열중하는 기쁨, 내일 배울 것들과 적절한 순간에 체험하게 해 주는 선생님 없이 혼자서 모험해서는 안 되는 나라들을 훑어보는 즐거움. 지금부터 상을 받을 때까지 모든 것을 배워야 한다고 생각하면 현기증이 난다. 졸업장을 받을 때까지… 어쩌면 대학 입학시험을 칠 때까지… 낯선 삼차 방정식을, 『카르펜티에르 피알리프[i]』 3학년 과정을 마스터하게 될 드니즈 르쉬르를 꿈꾸며, 일등인 여자애들처럼 책으로 주저앉을 듯한 가방과 양팔 가득 책을 들고 있는 미래의 내 모습을 그린다. 그런 것들이 당연히 나를 변화시키리라는 것을 알고 있었다. 나의 저녁 시간은 달콤하고 누군가와 함께하며, 따뜻하고 멀리, 아주 멀리 있다. 카페의 와글거리는 소리, 도미노 구르는 소리, 설거지통에서 씻기는 잔들의 음악, 볼품없는 초인종 소리. 그리고 라디오, 뒤라튼 가족, 돕 라디오 노래자랑, 자피의 키스, 카듐의 가요집은 월요일 지리 수업과 수요일 과학 수업으로 헷갈리는 요일과 시간의 지표가 되어준다. 저녁 식사의 시작은 조용하다. 세 시에 화장하고 머리를 단장한 어머니는 다시 더러워지고 광택이 없어진 것처럼 보인다. 아버지는 식사를 하며 계산한다. «마르통이 석 잔을

---

i 영어 교재.

마셨고, 뒤퐁은 계산했고, 부우르는 아직 월급을 못 받았으니까 토요일에 계산할 거야.» 나는 그들의 잡담과 셈에는 관심 없다. 손님들의 외상과 밀린 기름 배달 같은 하찮은 일들 곁에서 내 머릿속은 단어와 삼성창[i], 선생님, 'The cat is on the table'이 윙윙거린다. 검은 암말이다! 나는 습관적으로 듣는다. 이미 이불 속에서 책에 얼굴을 파묻는다. 『노예 혹은 여왕』, 『소녀, 브릿짓』, 『컨피던스』의 연재소설... 그것이 학교 밖에서의 내 문화였다. 신문과 담배를 파는 상인의 조언을 듣고 내게 책을 사주셨던 어머니... 아버지가 겨드랑이에 동전통, 현금통을 끼고 계단을 올라오신다. 마치 계단을 뚫고 오는 듯하다. 계단, 문, 버튼, 침대, 모든 것들이 그의 발밑에서, 손안에서 부서지고 부딪치고 깨진다. 방을 겨우 둘로 나누는 칸막이벽 너머로 들리는 «안녕, 딸!» 혹은 «안녕, 나의 토끼!», 나는 이유를 알고 있다. 그러나 그들이 그짓을 하는 소리를 들으며 머리를 이불 속에 처박는다.

나는 카페의 상점 위에서 마치 호텔에 있는 것처럼 잠이 든다. 부모님은 내가 그들에게 거의 아무 말도 하지 않는다는 사실을 눈치채지 못한다. 무시한다는 것도... 그들은 친절하다. «충분히 먹었니? 뭘 갖고 싶어?

---

i 찬가.

새 책?» 어머니는 읽는 것이라면 모든 게 좋다고 믿었다. 나도 마찬가지로 착하고, 투정과 말썽을 부리지 않으며, 성실하다... 나는 점점 더 사람들의 눈에 띄지 않는다. 늘 방이나 주방에서 책을 읽고, 아무것도 하지 않으며, 가게나 카페에는 절대 가지 않는다. 어머니는 사과한다. «애가 숙제가 많아서 일을 할 수 없어요.» 가끔 사정을 모르는 사람들이 말한다. «애야, 레드 와인 한 잔 따라오렴.» 나는 도망치며 당황해서 말한다. «아버지가 오실 거예요!» 그들은 믿을 수 없다는 듯이 묻는다. «그럼 너는? 너는 뭐 하고 있는 거니?» 아버지가 나를 대신해서 대답한다. «우리가 여기 있는데, 저 애가 일을 할 필요는 없잖아요. 학교에 다니는 아이인데...» 그들은 점점 더 놀란다. «저 애는 몇 살이요?» 그들은 예상을 해본다. «비서가 되려고 그럽니까?» 그들은 '비이서'라고 말하고, 아버지는 그들에게 아니라고 설명한다. 그들을 이해시키는 데 십 분이 걸린다. 나는 아버지가 어떻게 빠져나오는지 지켜본다. «저 애는 배우는 것을 좋아해요. 방해하지 맙시다, 네?» 절대로 내게 강요하는 것처럼 보여서는 안 된다. 부모님이 그럴 형편이 되는 것처럼 보일 테니까... «마음대로...» 나는 입을 다문다. 물론 그들이 공부를 좋아했을 리 없다. 나는 그들과 다르다. 나는 그들과 비슷하지 않다. 나는 그들에게 할 말이 전혀 없다.

더는 생각할 수 없다. 인간성, 그것은 존중하는 마음을 갖게 한다. 어디나 마찬가지다. 나 같은 창녀에게도. «너희 아버지와 어머니를 공경해라.» 모든 게 엉망이 됐다. 더 최악은 그들이 나쁘거나 엄했기 때문이 아니라는 것이다. 나는 누구에게도 말하지 않았다. 그러나 학교에서, 시내의 가게 앞을 거닐면서, 책을 읽으면서 비교하는 법을 배웠다. 좋은 사람과 그렇지 않은 사람이 있었다. 열두 살부터 나는 나만의 계산법을, 평가 시스템을 만들었다. 좋은 사람은 차와 서류 가방, 레인코트를 갖고 있고 손이 깨끗하다. 그들은 어디서든, 어떻게든 쉽게 말한다. 우체국의 접수창구에서 큰 소리로 «있을 수 없는 일이네요! 우리를 이렇게 기다리게 하다니!»라고 말한다. 내 아버지는 절대 항의하지 않는다. 사람들은 그를 몇 시간이고 기다리게 했다. 좋은 사람은 끊임없이 반박한다. 아버지의 카페에서는 절대 그들을 볼 수 없다. 좋은 여자들, 나는 그녀들을 더 유심히 지켜봤다. 그 여자들은 모두 특별하다. 헤어스타일, 투피스, 보석, 조용하다. 다른 이보다 절대 한 마디도 목소리를 높이지 않는다. 그 여자들은 길에서 떠들지 않고,

팔 끝에 커다란 바구니를 들고 시내에서 장을 본다. 가벼움, 그렇다. 그리고 완벽하고 청결하다. 그 외의 사람들은 모두 손님들을 닮았다. 그러니까 파란색 작업복을 입고 베레모 혹은 캡 모자를 쓰며 자전거를 타는 노동자들, 창백한 노인들, 늙고 보기 흉한 아무개들 말이다. 그들이 성체 배령의 날에 가장 좋은 옷을 차려입어도 그들을 알아볼 수 있다. 검은 손톱, 커프스 없는 셔츠, 무엇보다 걸음걸이, 건들거리고 축 처진 불안정한 팔. 그들은 예의 바르게 말할 줄을 모른다. 소리를 지른다. 성체 배령에 슬리퍼를 신고 방수포 바구니를 들고 온 여자들은 모두 서로 비슷하다. 너무 뚱뚱하거나 너무 말랐으며, 항상 몰골이 사납고, 처진 가슴은 너무 빈약하거나 무거워서 벨트 위로 흘러내리고, 거들을 입으며, 팔은 맵시가 없고, 로자플로르 머릿기름을 바른 파마머리는 결국 언제나 머리카락 몇 가닥이 내려와 대롱대롱 매달려 있다. 나는 그 차이가 돈에서 나온 것이라는 생각을 절대 해본 적이 없었다. 청결함 혹은 더러움, 아름다운 것들을 좋아하는 취향 혹은 자포자기는 타고난 것이라고 믿었다. 나는 그들이 술주정뱅이, 콘비프 통조림, 변소 근처에 박힌 못에 걸어 둔 신문을 선택했으며, 그들이 행복하다고 믿었다. 그렇게 생각하지 않으려면, 특히 모든 것이 자리 잡은 소녀에게는 많은 성찰과 독서와 수업이 필요하다.

　나는 내 부모를 어느 쪽에도 두고 싶지 않았다. 맹세할 수 있다. 어머니는 분을 발랐고 가게에서 큰 소리로 말했으며, 조언을 해주기도 했다. 어느 노인이 죽으면 사람들이 어머니를 찾아왔고, 우편환을 채울 줄 모르는 무능한 이들을 위해 대신 써 주기도 했다. 어머니는 처음 봤을 때 초라해 보이는 사람은 아니다. 말을 신중하게 하는 사람처럼 보이지도 않는다. «높은 사람들이라면 어디 한번 말해 보자고. 출신을 숨긴다고 숨겨지나!» 어머니는 입을 뾰로통하게 내밀고 자만하는 여자들에게 침을 뱉으며 말한다. «길에서 자기 아버지를 모른 척할 사람들이야!» 아버지도 손님들과 거리를 뒀다. 술을 마시지도, 아침에 짐을 들고 출근을 하지도 않았다. 사람들은 그를 사장이라 불렀고, 아버지는 권위적으로 빚을 청구했다. «우리는 노동자들이 아니야. 우리는 성공한 거지, 가게를 샀잖아. 아무것도 없었는데, 우리는 아무것도 없이 시작했어!» 나는 그들을 각각 믿었다. 그러다 깨닫게 됐다. 그 둘 모두가 공증인, 안과 의사처럼 중요한 사람들 앞에서 횡설수설하는 초라한 사람이라는 것을. 누군가 그들에게 목소리를 높여 말하면 그것으로 끝이다. 그들은 아무 말도 하지 못한다. 그들은 관례와 예의를 모르고, 언제 앉아야 하는지를 알지 못한다. 그들과 함께 선생님을 만나면 그들은 무슨 말을 해야 할지 모른다. 아버지는 낮에 입은 셔츠를 입고 자고, 일주일에 겨우 세 번 면도하며, 손톱은 늘 시꺼멓다. 어머니는 목에 분가루를 잔뜩 묻히고, 몸을 뒤틀면서 거들을 내리고, 벽장 문 뒤에서 다리 사이를 닦는다.. 어머니는 의사 선생님과 동네의 아픈 사람을 찾는, 극도로 경건한 목사님 혹은 장기 환자들을 확인하는 사회보장 기관의 조사관들에게 친절하게 행동한다. 느릿느릿한 목소리로 말하고, 셔츠까지 벗어 줄 것처럼 군다. 어머니는 속삭인다. «불행한 사람들이요, 아시는지 모르겠지만, 촌사람들이에요. 그래도 정직한 사람들이죠. 외상이 조금 있긴 하지만, 드물어요...» 어머니는 모든 것을 가르쳐주고, 안절부절못하며 몸을 비비 튼다. 설탕이 떨어져서 찾아오는 부자 손님에게도 지나치게 친절하다. «더 필요하신 게 있으세요, 부인?» 납작 엎드려 나이 든 여자가 흘리는 말을 기다린다. «말라가 상표가 있으면 주세요» 난잡한 가게에 익숙하지 않은 그 여자들의 눈동자가 흔들린다. 그 여자들은 경계하고, 어머니는 사방을 뛰어다닌다. 어머니는 포도 세 알

때문에 식료품점을 돈다. 어머니는 슬퍼하며 말한다. «없는데요…» 우리 가게에는 세련된 사람들이 원하는 것은 하나도 없다. 고급 식료품점이 아니다. 그냥 동네의 구멍가게일 뿐.

분명한 것은 이제 더는 감언이설로 나를 꾈 수 없다는 것이다. 내 부모님은 손님들보다 더 우월한 사람들이었다. «그들에게는 우리가 필요해. 우리 아니면 누가 저 촌뜨기들에게 외상으로 주겠니?» 그렇지만 어쨌든 그들은 작은 소매상이자 동네 카페 주인, 벌이가 변변치 않은 초라한 사람들이었고 나는 그것을 보고 싶지도, 생각하고 싶지도 않았다. 음탕한 년이 되는 것도, 숨기는 것도, 존재 자체가 순수한, 가볍고 자유로운 반 친구들 앞에서 더럽고 무거운 여자애가 되는 것도 이제 그만 충분하다. 나는 부모님을 더 무시해야만 했다. 모든 죄, 모든 악. 자신의 어머니와 아버지를 나쁘게 생각하는 사람은 없다. 나뿐이다. 죽이지 않았어, 훔치지 않았어, 그러나 나는 어머니를 믿지 않았어… 라디오에서 울리던 이 노래, 내 노래다. 나는 결국 벌을 받을 것이다. 가족이 모인 식사 자리에서 마지막에 이 노래를 부르면 모두 냅킨 위로 고개를 숙이고 눈물을 글썽이며 듣는다. 일요일에 어머니에게 흰 장미를 가져다준 소년의 이야기. 나도 눈물이 날 것 같지만 같은 이유는 아니다. 절대 그들을 닮지 않겠다. 쌍년. 나는 가끔 고아가 되는 꿈을 꾼다. 혹은 아무것도 비판하지 않겠다고, 집이 마음에 드는 것처럼 행동하겠다고 결심한다. 학교 선생님은 자식이 부모를 사랑하는 마음으로 장난을 치지 않는다. 그들은 내 어깨를 잡고 말한다. «우리 드니즈, 부모님께 감사하는 마음을 갖고 있겠죠? 그분들은 학생을 위해서 희생하시잖아요. 학비를 내주시고…» 그들의 말을 들으면 나는 오직 한 가지, 부모님께 감사하는 것만 생각해야 할 것 같다. 어버이날을 위해서는 3개월 전에 준비해야 한다. 사람들은 가장 예쁜 라피아 쟁반을 만드는 아이, 오만하게 반짝이는 가장 예쁜 보석함을 만든 아이에게 어머니를 무척 사랑한다고 칭찬해 준다. 나는 괜히 애쓰지 않는다. 내 어머니는 그런 것을 구석에 처박을 테니까. 더 말할 것도 없다. 어머니에겐 진지한 것이 아닌 시시한 장난감이다. 선생님들은 내게 감사하라고 귀여움을 받고 있다는 것을 보여주라고 하지만, 그들이야말로 우리 집에서 단 하루도 견디지 못하고 진저리를 칠 것이다. 그들은 계속해서 '천박한 사람들은 끔찍하다'고 말하며, 재채기를 심하게 하거나 긁거나 표현하는 법을 모르면 혐오스럽게 여긴다. 그러면서 내가 착하게 굴기를 원하다니... 나는 벗어나기 위해 눈을 감아야만 했다. 먹는 척, 읽는 척, 어딘지 모르는 호텔에서 자는 것처럼 해야 했다. 무엇보다 보기 흉한 것, 더러운 것, 너덜너덜한 것을 보지 말아야 했다.

나는 부모님에 대해, 우리 집에 대해 절대 말하지 않는다. «어린 시절의 추억, 가장 아름다웠던 방학에 대한 글을 써보세요. 주방을, 백부님을 묘사해 보세요.» 내 어린 시절은 이미 더러웠고, 게다가 추했다. 여행은 한 번도 해본 적이 없다. 8월에 망슈[i]로 가기 위해 차로 40km를 달린 것이 전부다. 어머니와 나는 홍합을 캔다. 어머니가 과자를 사면 모래사장에서 먹는다. 나는 수영을 하고, 밝은 호박색 머리카락을 휘날리며 공놀이를 하는 여자애들을 부러워하며 시간을 보낸다. 바위 사이에서 가랑이 사이로 오줌을 눌 만한 곳을 찾는다. 우리는 파김치가 돼서 돌아온다. 일 년 치는 놀았다. 이런 것들은 들려줄 만한 내용이 아니다. 백부님, 그게 무엇인지는 안다. 재미있지만 미치광이는 아닌, 단정하고 재기발랄한, 내 삼촌들처럼 주정뱅이가 아닌 사람. 백부님, 그런 것은 유복한 환경에만 존재한다. 나는 작가들과 거실, 공원, 교사인 아버지와, 차와 마들렌을 먹는

---

i 노르망디에 있는 도. 영국해협과 가깝다.

늙은 이모에 대한 그들의 묘사를 이해했다. 그것은 아름답고 깨끗했으며, 내가 꿈꿨던 것처럼 훌륭했다. 나는 글을 쓸 수가 없었다. 외관이 초라한 우리 집, 단순하고 착하고 세련되지 못한 나의 아버지를 소설가가 가난한 사람, 하류의 사람을 말하듯이 말할 수는 없었으니까. 책을 읽고 발췌한 것이나 상상한 것, 카탈로그 등의 도움을 받아 지어내야 했다. 고급스러운 취향과 시적인 것, 조화로운 것 등을 생각해내려 했다. 밀밭, 센 강의 배, 알프스의 초가집, 반짝이는 피아노와 치과 의사 삼촌 같은 것을…

그렇지만 아무것도 나를 비껴가지 않았다. 나는 그저 모르는 척하며, 책과 함께 내 방에 틀어박혀 술집에서 벌어지는 술판을 알려고 하지 않았을 뿐이다. 그래도 그것은 들어왔다. 거울 앞에서 주먹을 쥐고 울다가 웃음을 터뜨린다. 웃는다. 나는 열세 살, 열다섯 살이다. 이유 없이 그것이 깨어났다. 한 남자가 구역질하며 카페를 나가자 어머니가 소리를 지른다. «한심한 년, 얼굴도 못 보여주니! 너 때문에 가게 문을 닫게 생겼어!» 기숙사생들이 가게 앞을 줄지어 지나가며 호기심 어린 눈으로 진열창을 봤다. 내일 놀림을 받을 것이다… 지겹다. 이 모든 것을 증오한다. 나는 갇혀 버렸다. 드니즈 르쉬르, 카페 겸 식료품점 집 딸, 한쪽에 나열해 놓은 음식들과 반대쪽에 술을 기다리며 주저앉아 있는 남자들로 가득 찬 테이블 사이에 껴 있다. 그들은 또 르쉬르 집에서 취하고 말았다! 그 역겨운 시선들, 클로파르 길에 대한 그들의 지적들, 그런 것들이 남긴 나에 대한 소문... 그 음란함, 무모한 손가락은 살살 녹는 그 음란한 곳을 향한다. 조금씩 쓰라린다. 저녁에 이불 속에서 하는 그 놀이는 거의 순수에 가깝다. 왜 그들은 그토록 구역질 나는 직업을 택했을까... 문이 열린 화려한 방 앞을 지날 때마다 생각한다. 그들이 니스나 포마이카를 칠한 빛나는 가구를 팔았을 수도 있었을 텐데... 혹은 작은 금속 조각들, 깨끗함 그 이상으로 빛나는 강철로 된 이상한 진열대가 있는 철물점을 하거나 혹은 책, 그러나 그건 말도 안 되는 소리였다. 아버지는 『파리-노르망디』 지역 신문만을 읽고, 어머니는 연재소설만을 읽으니까. 혹은 제과점에서 주걱 끝으로 조심스럽게 들어올리는 아름다운 케이크. 적포도주 몇 리터 혹은 노란 가루로 된 감자 자루와 비교하면... 아니면 관광버스가 멈추는, 중학생들이나 비서들이 비텔델리스나 크림커피를 마시는, 긴 의자, 아이스크림, 커피메이커가 있는 시내의 예쁜 카페 중 하나를 했다면. 사람들은 그곳에

20분마다 한 잔씩, 잔뜩 마시기 위해서 가는 것이 아니라 대화를 나누러 간다. 혹은 정돈이 잘 된 흰색 계산대와 우유, 요구르트용 냉장고가 있는 '쿱', '파밀리스테르'라 불리는 예쁜 식료품점 중 하나라도... 그랬다면 부모님이 자랑스러웠을 것이다. 잔느와 그 애의 안경테, 모니크와 신상품 쇼윈도의 우아한 마네킹들과 동등했을 것이다. 우리 집은 먹고 마시는 것들을 팔고, 한 무더기의 하찮은 물건들, 그리고 한쪽 구석에서는 중량으로 상품을 판다. 상자 위의 싸구려 향수, 크리스마스 신발 장식 안의 손수건 두 장, 면도 크림, 50페이지 노트. 평범한 모든 것을 판다. 알제리 와인, 파테 1kg 덩어리, 낱개로 파는 비스킷, 제품마다 상표는 하나 혹은 두 개씩이며, 우리 집 손님들은 까다롭지 않다. 카페에서 아버지가 따라주는 술은 위스키가 아니라 레드 와인, 싸구려 브랜디 그리고 치즈와 화이트 와인이다. 그들은 시내에 있는 술집에 갈 수 없는 사람들이며, 그들이 자기 집처럼 느껴야 한다. 그들이 오는 것은 우연이 아니다. 그들은 매일 같은 시간에 편하게 온다. 그들이 오지 않는다면, 그것이야말로 걱정할 일이다. 모든 것은 아버지 마음에 달렸다. 예를 들자면 «지금 벌써 몇 잔이나 마신 거야?» ─ «자네 석 잔이나 마셨어!» ─ «자, 한 잔 더

줄게!» 아버지는 잔을 세고, 저녁이 되면 «대충» 기록한다. 소소한 이득을 챙기는 것은 당연하다. 그들의 허튼소리를 들어주는 것도 무시할 만한 일은 아니니까. 그들은 자신들의 집처럼 여긴다. 아니, 그보다 더하다. 긴장을 풀고 뱃속에 들어 있는 것들, 말할 수 없는 것들, 선생님이 알면 기절할 만한 것들을 토해낸다. 듣지 않았는데도 그 허튼소리들이 내 머릿속에 있다. 사실 들을 필요도 없다. 그대로 두면 사방에서 거품처럼 일어나니까. 따먹혀라, 그거 좋아하잖아, 늙은 여자가 개하고 그 짓을 했다네, 나는 애들은 건드리지 않는다고. 어린 르쉬르, 어린 르쉬르, 입 다물어… 다 큰 여자애일지도 모르잖아… 침 흘리는 그들의 굼벵이 같은 입술, 나는 지나치게 하얀 팬티에 코를 박는다는 그들의 말이 무엇을 의미하는지 알고 있다. 변태 같은 놈들, 그것마저도 그들이 망쳐 놓는다. 그들이 내게 추파를 던지면, 나는 사람들을 보지 않고 쏜살같이 지나간다. 그들은 뜨끔해 한다. 의자에 붙어서 비스듬하게 앉아 있는 이들이 입을 다문다. 와인이 꾸르륵거리는 익은 살덩어리, 나는 떠다니는 고깃덩어리들을 상상한다. 특징 없는, 이름이 필요 없는 살덩어리들, 그들은 모두 오줌이 마려워야 움직인다. 마당에 있는 화장실에 가야 하니까.

주정뱅이들의 «정액» 냄새가 난다. 떨리는 손가락, 천천히 단추를 푼다. 그들의 유일한 관심, 쾌락의 부위, 그들은 멈추지 않기를 바라며 곡선을 그리는 액체를 응시한다. 얼간이들, 그 무기력한 것을 다시 집어넣는다. 알코올에 젖어 조절이 안 되는 그것은 이미 닳아버렸다. 염소의 그것보다도 더 위험하지 않다. 그러나 그들과 마당에서 마주치면 안 된다. 나는 그들이 보내는 공모자의 눈빛이 무엇을 말하는지 알고 싶지 않다. 그들 같은 사람들이 어떻게 만들어지는지, 나는 알지 못한다. 왜 부모님은 내게 억지로 그들을, 그들의 늘 구역질나는 몸짓을, 단추를 잠그는 것을, 긁는 것을, 코에 손가락을 넣는 것을, 입을, 젖은 체크무늬 셔츠 냄새를, 다시 달궈진 더러운 것들을 보라고 시키는 것일까. 두 번 중에 한 번은 반드시 한 명이 자리에서 일어나 빙빙 돌다가 벽지를 향해 달려든다. 그는 웃고 울고 토한다. 아버지는 그가 술이 깰 때까지 몇 시간 동안 지하실에 둔다. 그는 나와 10m 떨어진 거리에서 잔다. 나는 옷장의 거울에 하얗게, 파랗게 질릴 때까지 얼굴을 붙인다. 나는 그들을 증오한다. 그들은 가게 문을 닫고 무엇이든 다른 것을 해야 했다. 그 늙은 쓰레기들을 보지 않아도 되는, 문을 잘 걸어 잠글 수 있는 작은 집에서 살았어야 했다. 그들은 내가 계속 공부를 하고 사립 학교에 가리라는 것을 깨닫지 못한다.

　식료품점을 향한 증오는 그보다 조금 덜하다. 도수 11도의 질 낮은 포도주, 페르노 주와 싸구려 브랜디는 휘청거리는 다리, 토사물, 오줌, 서지 않는 남자의 거시기를 의미했고, 어머니 그보다는 덜 역겨운 것, 더 다양하고, 더 단단한 것들, 각설탕, 청어, 낱개로 파는 버터, 포르살뤼 치즈 100g, 18인치 신발 같은 것을 파셨다. 늘 소량이었지만, 차는 음식물을 넣는 곳이지 우리를 위한 것이 아니다. 손님들은 저녁을 먹기 전에 와서 저녁거리를 찾는다. 여자들이 가져온 병들이 사방에 넘쳐난다. 그녀들은 어머니가 물건을 주기를 조용히 기다리는데, 어머니가 아무것도 찾지 못해서 오래 걸린다. 어머니는 물건을 뒤죽박죽 둔다. 어머니는 건조한 장소에 포장된 비스킷을 둔 곳으로 계단을 오른다. 실편한 박스를 찾기 위해 계산대 위의 서랍을 뒤집고 늘어놓는데, 그사이에 가끔 카망베르 치즈를 훔치는 손님도 있다. 저녁마다 손님들이 우유병을 가져와서 여기저기 석고 같은 우유 자국들이 많다. 그녀들은 병의 안쪽까지 씻지 않는데, 그것은 부모님도 마찬가지다. 접시에는 항상 계란이나 소스 얼룩이 있다. «그런다고 네

똥구멍이 막히는 건 아니야!» 그녀들은 무엇을 사야 할지 모르고 «이거 주세요. 이것도요»라고 말하다가, 갑자기 두아르네 고등어를, 뤼스튀크뤼 몇 바구니를 달라고 한다. «다 떨어졌어요. 배달이 안 왔어요!» 주방에서 듣고 있던 나는 수치심에 떤다. 우리 집에는 아무것도 없다. 어머니는 할인은 없다고 말한다. 약간 상한 까망베르, 노란 꽃이 핀 소시지, 곰팡이가 생긴 토마토를 먹어야만 하는 사실로 이미 충분하다. 어머니는 1kg 설탕 봉지 혹은 파스타 상자 뒤에 가격을 휘갈겨 쓴다. «누구 차례인가요?» 월말이 되면 복잡하다. 장부에 적힌 모든 사람이 외상을 갚으러 온다. 우체부가 다녀간 후에, 보조금을 받은 후에… 어머니는 계산서를 세 번씩, 한 장 한 장 다시 계산한다. 액수가 크면 아이들을 위한 사탕 한 봉지를 준다. 그들은 우리를 필요로 하고 불평을 늘어놓고 간청한다. «월말에 계산할게요. 말했잖아요. 홍역이 돌아서, 잘 아시잖아요!» 쉽게 속지 않는 어머니는 여기저기 알아보고 말한다. «괜찮아요, 괜찮아. 그런데 라흐두트에서 주문하신 원피스 말이죠, 그것도 돈이 들어갔을 텐데!» 돈을 받는 것은 힘든 일이어서, 어머니는 손님 집으로 직접 돈을 받으러 간다. 그런 후에는 두 사람이 친구처럼 함께 커피를 마신다. 그래도 손님들이 시내에 있는 가게에 가는 것을 막을 수 없다. 나는 그들이 돈만 있으면 쿱, 패밀리스테르에서 장바구니를 가득 채운다는 것을 잘 알고 있었다. 진짜 쌍년들, 그 여자들은 다른 방법이 없어서 우리 집에 왔던 것이다. 겨우 고개만 까닥이자 어머니는 «저 사람들에게 말을 걸면 어디 덧나니?»라고 소리를 지른다. 나는 어머니께 그 여자들이 항상 이곳에 있다는 것을 설명할 수 없었다. 나는 그 여자들이 «바로 그 르쉬르»라고 말하며 부엌과 가게를 나누는 창문으로 곁눈질을 한다는 것을 확신했다. 그 여자들은 우리가 무엇을 먹는지 알고 있었고, 우리가 그 여자들의 머리 위에서 요강에 오줌을 누는 소리까지도 들었다. 그 여자들은 오후에 와서 가끔씩 끔찍한 이야기를 들려줬다. 하혈, 갑자기 열이 오르는 것, 나는 생리를 시작하기도 전에 갱년기에 관한 모든 것을 알고 있었다. 그녀들은 남의 집을, 아버지의 아이를 밴 여자들을, 남편이 알코올 중독자이거나 정숙하지 못한 여자들을 «시시콜콜 이야기했다.» 나를 노리는, 어쩌면 나의 미래일지도 모르는 이야기. 예를 들면 깡패와 결혼하고, 똥을 닦아줘야 하는 애들에게 둘러싸인 뚱뚱한 여자… 만약 내가 그들의 말을 듣는다면, 자포자기한다면, 예전처럼 부모님이 사는 곳을 좋아한다면, 나도 그 여자들처럼 될 것이다... 동네의 남자들, 불량배들 모두 나를 노린다. «안녕, 니니즈.» 그들이 소리친다. 나를 보호하는 것은 손님들이다. 그들은 부모님 앞에서 굽실거리는 척을 한다. «저 애는 머리가 있잖아. 머리가 좋아. 그게 중요한 거야» 그러나 그들은 그 책들이 그 애를 돌게 할까 봐 걱정한다. 그들은 공부를 계속하지 못한 여자애들, 남자애들을 알고 있다. 공부가 그들을 너무 혼란스럽게 만든 것이다. 그들은 언제나 찌든 때와 포도주병에서 벗어날 수 없는 이유를 찾아낸다. 그 두려움, 그들이 그것을 내게 줬다. 나도 그들과 같은 환경에서 태어났으니, 다시 그들처럼 되는 편이 더 쉬울 것이다... 안돼! 차라리 창녀가 되겠다. 『여기, 파리』에 실린, 방황하는 여자들에 대한 글을 읽은 적이 있다. 적어도 그녀들은 자신들의 구덩이에서 빠져나왔다. 나는 떠났고, 탈출했다. 『라루스 사전』에서 쾌락, 사창가, 발정 같은 낯선 언어를 찾으면 그 의미가 나를 뜨거운 꿈, 하얀 황금색 운명, 오리엔탈 식욕실로 잠식시켰다. 나는 향기로운 팔과 다리로 둘러싸인 곳으로 기어들어 갔다. 아름다움, 일종의 치명적인 행복은 그쪽에 있었다. 초라한 벨 소리 그리고 그들을 둘러싼 빛 한가운데에 끈적이는 잼이 있는 쪽이 아니다. 선은 청결한 것과 예쁜 것, 쉽게 존재하고 말하는 것, 한마디로 프랑스어 수업 시간에 말하는 것처럼 «아름다운 것»과 섞여 있었고, 악은 보기 흉하고, 끈적끈적하고, 배움이 부족한 것이었다. 그러나 나는 그것을 학교에서 배우기 전에 이미 알고 있었다. 눈이 썩을 것 같았다. 모든 남자들은 더러운 늙은이들이었고, 지나치게 단순한 손님들이었다. 그러나 깨끗이 면도를 하고 꽃무늬 잠옷을 입은 남자들과 함께 밤낮으로 타락하는, 유행에 민감한 여자들은 옳았다. 그런 상황에서는 악이 될 수 없었을 것이다. 마당에 침을 뱉고, 방귀를 뀌고, 접시를 깨끗하게 씻지 않으며, 셔츠를 입고 자고, 입을 벌리고 음식을 먹는 것, 그것이 바로 죄악이었다. 학교의 여자애들처럼 품위 있게 되기 위해 우리에게 부족한 모든 것을 파악한다는 것은 불가능했다. 커튼을 교체한다거나 계단에 윤을 낸다거나 하는 별거 아닌 문제들이 아니었다. 그것은 따라잡아야 할 취향의 결여이자 비뚤어진 하찮은 것들, 머리끝에서 발끝까지, 방의 오리 같은 노란 장판부터 소금과 오래된 종이, 연필이 흐트러져 있는 계산대까지, 바뀌었어야 했던 모든 것들이다. 부모님은 깨닫지 못했다. 나는 이해할 수 없었다. 말하자면 레퓌블리크 길의 빌라들만 봐도 혹

은 의사 선생님 집의 대기실의 가죽 시트와 금장식이
된 작은 테이블, 그것도 아니면 신문에 실린 물건을 예
쁘게 정리하는 방식만 봐도 충분했을 것이다. 시내의
가게만 해도 빛나는 쇼윈도로 상품 판매대와 진열대,
반짝이는 블라우스를 볼 수 있었다. 어느 해는 부모님
이 카페에 다시 페인트를 칠했는데, 바랜 것처럼 보이
는 우스운 녹색과 아주 근소한 차이로 그보다 조금 나
은 빨간색이었다. 괴상했다. 그들은 벽에 다수의 광고
를 걸었다. 12시, 7시, 베르제를 마실 시간, 둥근 모양, 타원형, 항
아리 모양, 유리잔 모양.[i] 어머니는 자신만의 확고한 아이디
어가 있다. 커튼은 «네온»을 쓴 이후로 면으로 된 것을
샀다. 어머니는 오랫동안 «나일론»과 «네온»을 헷갈려
했다. 아무 소용없는 짓이다. 페인트가 떨어져 나간 정
면과 낮은 문, 두 개로 잘린 '카페'라는 글자 사이에서
어떻게 예쁜 커튼이 눈에 들어올 수 있었겠는가… 나는
어떤 여자애의 집에 책을 돌려주러 가려고 하면 그 애
의 집에서 보기 싫은, 사소한 것들을 찾아냈다. 이가 빠
진 접시, 낡은 가스레인지, 그런 것들을 발견하면 기뻤
고 그 애들과 가까워진 것처럼 느껴졌다. 나 역시 때가
묻거나 훼손된 그 작은 것들이 부유한 것들의 집합 속

---

i 베르제 술 광고.

에서는 아무것도 아니며, 오히려 벼락부자처럼 보이지 않게 한다는 것을 알지 못했다. 가장 거슬리는 것은 식당과 현관이 없는 것이었다. 카페와 식료품점 사이에 껴 있는 주방은 사람들을 접대하기 위한 것이었지만, 아무것도 아니라 해도 과언이 아니었다. 어머니가 크리스마스마다 교체하지만 한 해의 중반이 되면 그림이 흐릿해지고 가장자리가 카망베르처럼 말라비틀어진 방수 식탁보, 의자 세 개, 더러운 접시로 가득 찬 개수대 혹은 세면대… 내 인생에서 제일 기쁜 날은 냉장고를 갖게 된 날이었다. 유리잔 안에 담긴 작은 얼음들과 시원한 요거트로 친구들을 초대할 수 있을 테니까. 그러나 그럴 수는 없었다. 더 심각한 게 있었다. 화장실이 없다는 것, 방 안에 있는 요강 혹은 마당의 분뇨통, 바깥에서 싸는 똥, 그건 보여줄 수 없었다. 자주 넘쳤으니까. 식료품점, 구석의 곰팡이, 뒤죽박죽… 냉장고의 하얀빛, 예쁜 선반, 병원 같은 청결함, 나는 소금과 커피를 판다는 사실을 잊기 위해 그런 것들을 원했다. 여기서는 박하술 한 병 혹은 바닐라 설탕 한 봉지를 찾으려면 눈썰미가 있어야 한다. 어머니는 모든 물건을 지그재그로 비스듬히 채우는데, 하루에 통조림통이 세 번씩 무너진다. 쓰지 않는 물건들, 오래된 상자와 팔리지 않는 상품, 포장이 망가져서 배달부에게 돌려줘야 하는 것들, 나프탈렌 속의 바느질 재료를 계산대 밑에 쑤셔 넣고, 통로에 굴러다니는 상한 과일은 발로 밀어서 넣는다. 자연과학 시간에 나는 위생 규칙, 세균과 싸우기, 건열 살균기, 물의 살균에 대해 배웠고, 파테와 치즈 주변을 도는 파리를, 담배꽁초를 손으로 줍는 어머니를, 썩은 것을 연기 속으로 내보내는 알코올 중독 결핵 환자와 그 연기가 카페에서 주방까지 누비다가 우리 접시 위를 떠다니는 것을 본다. 씻는 일, 강박, 사방에 거품이 넘치는 커다란 욕조. 행복. 내 첫 번째 샤워는 18살에 대학 기숙사였다. 즐거움을 느꼈던 것도 아니었다. 다만 빨래한 날의 냄새가 있었고, 옆에 있는 여자애가 몸을 문지르는 소리가 들렸다. 나는 불편했다.

나는 그들을 보러 가는 일을 늘 끔찍하게 여긴다. 그것은 기차에서 내리자마자 시작된다. 다른 곳에 갈 수 있다면. 백 미터 거리에 누런 외관이 보인다. 눈을 내리깐다. 마주 볼 수 없다. 운명이다. 몇 년 동안 그들이 이사 가는 것을, 그들이 내가 어딘지 모르는 곳에서 일하거나 공장에서 일하는 것을 꿈꿨다. 차라리 그게 낫다. 문 앞에 쌓여 있는 모든 상자들, 나는 냄새로 그 안에 무엇이 들어 있는지 안다. 기름, 세제, 설탕, 틀림없다.

얼굴을 뚫어져라 보는 손님들의 시선. 부모님은 십 년째 굵은 소금을 소매로 판매하지 않지만 여전히 그 냄새가 난다. 어머니는 불편한 기색으로 손님 앞에서 나를 안는다. 학생인 딸, 뛰어난 아이… 아버지는 주방에 있는 파리-노르망디 신문 위에 주저앉는다. 그는 이제 아무짝에도 쓸모가 없다. 감자를 깎는다. 수프를 만든다. 도미노를 한다. 그들은 내게 한 시간 동안 스무 마디 이상 말하지 않는다. 그들은 기뻐한다. 그들은 내가 한 달에 한 번 이상 오지 않는 것에 서운해한다. 나는 네스카페와 무화과 비스킷을 비축한다. 그들은 아무것도 의심하지 않는다. 관대하다. 너무도 관대하다…

　더럽고 지저분하고 보기 흉하며 혐오스러운… 나는 모든 세균에 옮을 것이다. 만약 그렇다면 그것은 그들의 잘못이다… 선생님들이 부모님에 대해 말한 것은 어쩔 수 없다. 나는 작은 괴물이자 더러운 여자애, 구석에서 헤매는 아이였다… 나는 그 두 사람을 증오했다. 나는 그들이 다르기를 바랐고 진짜 세상에 적합한, 내보일 만한 사람들이기를 바랐다. «내게는 모든 게 충격적이다», 아마도 『라가르와 미샤르』에서 나온 문장일 것이다. 판단하기 위한, 비교하기 위한 말들이 나를 따라온다. 보쾌르 기숙사의 식당은 적어도 식당이었다. 우리 집은 그것조차도 없다. «그게 우리에게 무슨 소용이 있니? 손님들 자리가 필요한데!» 손님들은 우리 위에 올라타 우리를 옥죈다. 발자크의 책에서 나온 것보다 열 배는 더 끔찍하고 모파상보다 더하다. 의자가 부족하면 주방에 있는 의자를 가져간다. 앉을 자리가 있을 때도... 부모님이 그렇게 만든 것이다. 부모님은 그들을 좋아하고 내게는 관심이 없다. 내가 그저 «배우기만» 하면 그만이다... 의자를 돌려받으면 담뱃가루가 넘치고 와인과 푸스카페¹에 절인 엉덩이로 따뜻했다. «옴이 오른 사람들이 아니라고, 아니야! 다른 데가 좋으면 다른 데로 가면 되잖아!» 너무 떠벌리는 게 아니었는데, 그러나 열다섯 살에 나는 한 번이라도 그들이 틀렸다고, 진짜 세상은 예의 바르고 옷을 잘 입고 깨끗하다고 말하고 싶었다. 나만 혼자 그들을 계속 미워할 수는 없다. 그들도 나처럼 그들의 손님과 그들의 집을 봐야 한다. 아무것도 없고 보기 흉하며 수치스럽고 또 수치스러운... 그들이 달라진다면 셋이 함께 시내로, 엘리베이터가 있는 아파트로 떠날 수 있을 것이다. 그러나 불가능하다. 그들은 그때그때 외상으로 파는 것 말고는 할 줄 아는 게 없다. «우리 일에 신경 쓰지 말고 네 공부나

---

i 작은 잔에 담긴 리쾨르주.

열심히 해!» 그리고 «너는 나중에 네가 하고 싶은 걸 해, 좋은 직업을 갖도록 공부하라고!» 어떻게 내가 르쉬르 식료품점에서 치과의 가죽 소파로, 통조림으로 덮인 쇼윈도에서 차가운 철문으로 넘어가는 것을 상상할 수 있을까... 어쨌든 그들은 늘 내 부모이며 나는 그들의 푸념과 취향, 말하는 방식을 갖고 있을 것이다... 그리고 그것이 내가 이곳을 빠져나가서 신분 상승하는 것을 막을 것이다. 나는 다른 애들과 다르다. 그 애들은 가족을, 대부를 얘기하며 행복하다. 나는 누가 가족에 대해서 말하면 진짜 가족이 따로 있는 것처럼 말한다. «너의 아빠, 너의 엄마» 선생님은 «가족에게 물어보세요»라고 말한다. 우리는 가족들을 초대할 것이고 가족 구성원들은 환호하며 박수를 친다... 내 가족은 진짜 가족이 아니다. 나는 진짜 가족이 무엇인지 알고 있다. 백발 머리를 깔끔하게 손질한 할아버지와 할머니, 할머니는 잼을 만들고 할아버지는 아이들을 데리고 공원을 산책한다. 내 할아버지는 요양원에서 돌아가셨다. 내 할머니는 세탁과 수선을 하셨다. 할머니는 자신의 방보다 이모 댁에서 더 많이 움직이셨고 사투리를 쓰셨으며, 국수와 계란 외에 다른 요리는 할 줄 모르셨다. 삼촌과 이모는 명절에만 우리를 보러 와서 잔뜩 먹고 마신다. 할-

수만 있다면 가게를 거덜 냈을 것이다. «너희들은 이 안에서 사니까 필요한 게 다 있네.» 모두 노동자이고 요직이 아니며, 인부들이다. «그래, 니니즈? 곧 감시해야겠어. 벌써 꽉 찼네!» 아버지는 그들이 할 일을 하게 한다. «말도 안 되는 소리! 이 애는 계속 공부를 해야 해!» 아버지는 내게 이 말 말고는 다른 말을 할 줄 모르신다. 우리는 저녁까지 식탁에 머문다. 아버지는 그사이에 손님들 시중을 든다. 어머니는 상의에 토끼 요리 소스를 쏟고, 나만 빼고 모두가 그것을 보며 웃는다. 어머니도 손에 잔을 들고 웃는다. 어머니는 눈을 감고 〈키 큰 곱슬머리〉를 부른다. 어머니는 분명 오늘 저녁에 먹은 것을 토할 것이다. 미소를 짓는 점잖은 아버지와 어머니. 어머니는 네 시에 케이크를 굽고 아버지는 저녁에 일을 마치고 돌아오는, 뒤라튼 가족. 『소녀 브리지트[i]』에서 일요일에는 도핀[ii]을 타고 피크닉을 가고, 낚시를 하고 버섯을 딴다. 그러나 내 부모는 전혀 그렇지 않다. 그들의 불평은 계속된다. 당신 거기서 뭐 하는 거야? 아무짝에도 쓸모없는 인간! 아버지는 입을 다문다. 심술 궂은 년! 식충이! 아버지도 한마디 한다. 음식을 만드

i 베르트 베르나주의 소설.

ii 르노 자동차 모델.

는 것은 아버지다. 어머니는 청구서를 담당하고 배달부를 맞이하고 방문 판매원을 쫓아낸다. 그들은 왜 다른 사람들과 다를까? 눈물이 난다. 귀찮게 하지 마. 아니, 이 집에서는 내가 다하지, 내가 죽으면… 나는 그들이 고함을 지르는 소리를 듣고 싶지 않다. $Ax^2+bx+c=0$, 그들이 나를 이렇게 만들었다. 그들은 내 공부를 망칠 것이다… 욕설로 휘청거리는 몸, 벨이 울리자 어머니는 달려간다. 어느 부인의 인사가 들린다. 아버지는 도미노 게임판에 달려들어 상대편에게 소리친다. «내가 네 코를 납작하게 해주겠어.» 그리고 나는… 저녁에 그들은 주정뱅이와 싸우고 그를 보도로 밀어낸다. 저녁 내내, 그들은 음식물을 입에 넣은 채로 술꾼들의 차이점에 대해 말한다. 나는 할 말이 없어서 접시에 코를 박는다. 그들이 말하는 언어는 외국어다. My mother is dirty, mad, they are pigs! 영어로는 그들에게 욕설을 퍼부을 수 있다. 끔찍한 몸짓들, 그들이 늘 막돼먹고 형편없는, 바르게 행동하고 말할 줄 모르는 이들이 하는 행동을 하기 때문이다. 세상은 공평하지 않다. 모든 것은 늘 한쪽에만 있다. 그들은 관심도 없고, 더 나아지려고도 하지 않는다. 무엇보다 먹는 것에 있어서는 더 그렇다. 나는 절대 그들이 먹는 모습을 보고 싶지 않다. 특히 맛있는 것, 닭고기나 크림이 있는 케이크가 있으면 그들은 팔을 벌리고 흡입하며, 말도 하지 않고 몰두한다. 몇 입을 먹고 다시 혓바닥으로 핥는다. 한 번에 쑤셔 넣고, 편안한 숨을 내쉬다가 빵으로 구석구석 소스를 닦아서 천천히 빨아먹고 흡입하며, 빵을 물컹하게 다시 적신다... 어머니는 검지로 잇몸을 닦는다... 내 부모님은 어떻게 그럴 수가 있을까! 치욕스러운 일이다! 누군가 '당신의 부모님이 아니라면 어떨 것 같습니까' 묻는다면... 나는 아무렇지도 않다. 순수한 호기심이나 경멸을 느낄 뿐. 그들은 내 부모다, 내 부모 그리고 나는 그들이 저속한 말을 하며, 부끄러운 줄 모르고 게걸스럽게 먹는 모습을 본다. 손님들이 그렇듯, 그들에게 먹는 것은 유일한 기쁨이다. 그들은 자신들을 방치한다. 찰랑찰랑, 꾸르륵꾸르륵, 한숨, 쭉 늘어뜨린 팔. 그들은 그렇게 태어났다. 조심성이 없으며 창고에 걸려 있는 더러운 팬티, 대야 속의 의치 등 모든 것을 보여준다. 몸짓이 정갈한 찻집의 부인들은 치아 끝으로 먹는데... 나는 조심성이 있고 절도 있는, 부끄러워하는 태도를 원했으나 그 대신 서두름, 무절제, 더러움, 음식을 먹을 때 나는 소리를 얻었다. 그러나 그 부분에 대해서는 판단하지 않는 편이 나았다. 내게 그것은 차이였으니까. «18세기 시골 사람

140

이 수프를 먹는다.» 역사책 속의 한 장면이 내 아버지 같다. 나는 모든 수치심을 그들의 탓으로 돌린다. 그들은 내게 아무것도 가르쳐 주지 않았다. 그들 때문에 사람들이 나를 놀리는 것이다. 사람들이 내게 부정확함 그 자체라고 하는 «틀린», «격식 없는», «저급한» 그들의 말, 르쉬르 학생, 그렇게 말하는 게 아니라는 걸 몰라요? 잘못은 그들의 언어에 있다. 내가 아무리 조심해도, 학교와 집 사이에 울타리를 쳐도, 결국 그것은 그사이를 통과하여 숙제에, 답변에 들어오고 만다. 내게 그 언어가 있었다. 나는 손에 가득 쥔 케이크에 코를 박고 주정뱅이들 앞에서 웃었다... 나는 내 부모만큼 그들도 미워했다...

괴물, 차라리 그들이 나를 사랑하지 않았다면... 그들은 내게 별말을 하진 않지만, 내가 갖고 싶어 하는 모든 것을 사준다. 책, 책상, 책꽂이. 어머니는 발뒤꿈치를 들고 와서 말한다. «편하게 글을 쓸 수 있게 의자가 갖고 싶지 않니? 네가 가서 직접 골라!» 책... 책... 어머니는 그것을 너무 믿어서 내게 먹일 수도 있었을 것이다. 어머니는 책을 아주 소중히 양손에 들고 와서 걱정스레 말했다. «혹시 이미 있는 건 아니지?» 어머니는 내 미래에, 내 지식에 기여한다고 느끼셨고 내가 책을 더럽

히는 것을 원하지 않으셨으며 책을 존중하라고 말했
다. 그 책을 덮는 편이 어머니에게 더 낫다는 것을, 그것
이 나를 그들에게서, 그들의 카페 겸 식료품점에서 멀
어지게 한다는 것을, 내게 그들의 추함을 들춘다는 것
을 알지 못했다. 어머니는 «저 애는 책이 얼마나 많다고
요! 일단 책만 원한다니까요!»라고 자랑했다. 그것은 사
실이었을지도 모른다. 편안한 의자, 책꽂이, 그것은 멋
도 없고 스타일도 없는 다른 가구들 사이에 계속 쌓여
갔고, 아무것도 새로 산 것은 없었지만 책은 그 모든 것
을 지워 버렸다. 쌍년, 점점 더 부끄러웠다... 그렇지 않
다. 나는 그들을 미워하지 않았다. 정교 모임에 가려고
할 때면 계속 일하는 그들과 선반, 계산, 우중충한 장면
들을 생각했다. 마음이 누그러졌다... 아빠, 엄마, 나를
진심으로 생각하는 유일한 사람들, 나는 그들밖에 없
다. 내 머릿속에서 커다랗게 자란 그들의 모습은 미소
를 띤 얼굴로 친절하기만 한, 자신조차 잊어버리는, 특
별한 사람들이다. 그들은 내가 성공하기만을 바라고
내 행복만을 원한다. 내가 여전히 그렇지 못하다고 해
도, 꼬여 있고, 갇혀 있고, 불행하다고 해도, 분명 그들이
옳을 것이다. 그들은 자격증도 없고, 상장은 더군다나
없다. 나중에 나는 그들에게 보답할 것이다, 갚을 것이

다. 눈에 눈물이 차오른다. 나는 왜 이렇게 배은망덕할까, 그러나 집에 들어가면 그것으로 끝이다. 다시 입을 다문다. 그들은 움직여도 안 되고, 앉아도 안 되며, 반듯하게 서 있어도, 말을 하지 않아도 안 된다. 그들은 말할 줄을 모르니 내가 그들에게 해야 할 일, 말해야 하는 것을 넌지시 말해 줄 것이다. 내가 알고 있는 것, 대수, 역사, 영어를 알려 줄 것이며 그렇게 그들도 나만큼 알게 되면 우리가 대화를 나눌 수도 있고 공연을 보러 갈 수도 있을 것이다… 내 부모님, 같은 얼굴에 같은 육신이지만 달라진 사람들… 그들을 완전히 사랑하기 위해, 그들의 인생과 방식과 취향을 미워하지 않기 위해… 나는 꿈을 꾼다. 나는 그들을 빚는다. 있는 그대로의 그들을 만나고 나면 필요한 일이다. 이유 없이 자신의 부모님을 사랑하지 못하는 것, 그것은 견딜 수 없는 일이다. 매일 아침 양동이에 오줌 떨어지는 소리가 마지막 한 방울까지 방의 칸막이벽을 뚫기 때문에 아버지를 싫어한다고, 어머니는 얼굴을 찌푸리면서 치마 속을 긁고, 그들이 선생님이 쓰레기라고 말한『프랑스-일요일』을 읽는다고, 호텔을 여성 명사로, 손잡이를 남성 명사로 말한다고 누구에게도 말할 수 없다. 그 밖의 모든 것은 이 안에 있지 않으면 이해할 수 없는 것들이다. 하루에 스무 번 들리는 소리, «별일 없어. 똑같지, 누가 죽었네, 한 잔 따라 봐.» 이 안에 있지 않은 사람들, 예를 들어 대학의 보르낭 같은 이들은 그들을 두고 마음대로 순박한 말투, 서민들의 아름다운 선의, 순진함을 말한다. 소박한 삶, 시골 사람들의 지혜, 소상공인들의 철학, 지식인들, 그런 부모를 둔 적이 없는 이들의 바보 같은 소리다. 하녀나 배관공이 아니다. 그것과는 다르다. 거리가 멀다. 바닷가에서 가공육을 종이까지 씹어 먹고, 차를 기다리면서『고슴도치[i]』를 읽고, 웃음보를 터트리고 트림을 하고, «미안합니다»라고 말하는 사람들. 열네 살에는 벗어날 수 없으리라 생각하며, 이 모든 것을 자신에게 말할 수조차 없었다. 이제는 스스로에 말할 수 있다. 나는 이제 보르낭 쪽에 속해 있으니 더 쉽다. 아무도 내가 그렇게 자랐을 것이라고 상상도 하지 못할 것이다. 나 혼자만이 알고 있다.

혐오감으로, 분노의 폭발로. 그들의 잘못이다… 아니다, 그들은 그저 그렇게 태어난 것이다. 할머니는 세락일을 했고, 할아버지는 날품팔이를 하는 농민이었다. «우리는 상점을 열었어. 해내려면 다른 방법이 없었거든.» 무엇을 해낸다는 말인가. «게다가 공장에서 일하

---

i 주간지, 웃긴 이야기를 싣는 잡지로 조르주 페렉의 『나는 기억한다』에도 인용됐다.

고 괴롭히는 사장이 있다는 건, 네 주위를 봐, 도시락을 들고 주인집에서 애쓰는 사람들을…» 그들은 말한다. «우리 집에는 필요한 것이 있잖니, 고기와 생선만 빼고!» 그들의 자부심은 상인, 슈퍼 주인이 더 낫다는 것과 잘 헤쳐 나간다는 것이었다. «네가 뭐로 공부하는지 그걸 잊으면 안 돼!» 그러니 절대 만족하지 못하는 내 잘못이다. 나는 양심이 없다. 언젠가 그들의 얼굴에 침을 뱉을 것이다… 나처럼 되고 싶은 애들이나 일요일 식전주를 마실 때 찾아오는 천박한 여자들, 열네 살에 학교를 포기한 애들과는 다르다. 나를 자식으로 둔 부모님이 운이 없는 것이다. 이미 끝난 일이다. 그들은 나를 다른 아이와 바꿀 수 없다. 내가 죽으면 치워버릴 수는 있겠지만. 그들은 내 뒤치다꺼리를 하는 것에 질렸다. 절대 고마워하지 않으니, 책을 사줄 때만 빼고. 그것도 뭐.

부모님께 못되게 구는 나를, 순하고 애정이 넘치는 아이들과는 다른 나 자신을 증오하지만, 서로를 멍청한 늙은이 취급하는 그들 사이에서 내가『초가집의 밤 모임』을 보는 상냥한 여자애였다면 그것도 우스꽝스러웠을 것이다. 열네 살, 세상은 더 이상 내 것이 아니었다. 내 부모에게, 내 주변 사람들에게 나는 이방인이었다. 더는 그들을 보고 싶지 않았다. 유일하게 그들과 다시 가깝게 느꼈을 때는 미움 혹은 죄책감이 터져 나왔을 때뿐이었다.

최악은 교실과 여자아이들이었다. 그곳도 더 이상 진짜 나만의 장소는 아니었으나, 나는 그곳에서 온 힘을 다해 빨아들였다. «공부를 열심히 하고 유능한 학생이며, 반드시 성공하며 발전하고 좋은 결과를 낸다.» 평가는 늘 비슷했다. 내 유일한 승리는 늘 다시 시작하는 것, 그것이었다. 만약 두세 과목의 나쁜 성적이 나를 끝장낸다면… 그리고 수치심은 형태를 바꾸었다. 그러나 내가 마리 테레즈나 브리짓을 그토록 닮고 싶어 할 때도, 나는 그것이 돌연 나타날 준비를 하고 있다는 것을 늘 느낀다. 수많은 이유로 이상향은 넘쳤다. 팔 끝에 흔들리는 서류 파일, 포니테일 머리, 검은 폴라티, 길고 조용한 플랫 슈즈. 그녀들은 새로운 세상을 말한다. 로큰롤, 시드니 비쳇, 댄스파티, 정말 괜찮은 사람들, 어쩌면 조금 더 다가가기 쉬운 세상일지도 모른다. 니트, 바지, 그런 것들은 부모님이 현금통에서 지폐 몇 장을 꺼내 사줄 수 있는 것이니까… 마침내 다른 이들과 비슷해질 수 있다. 같은 고민, 같은 대화, 같은 옷… 카페 겸 식료품점, 쏟아진 몇 리터의 와인, 오물이 가득 찬 화장실, 이 모든 것들을 지울 수 있을 것이다. 단어와 옷으로 다른 사람들과 똑같이 되면서. 다른 여자애들도 부모와 영화, 외출, 원피스 때문에 다투기 시작한다. 그 애들은 다툼을, 아버지의 마지막 말을 무척 자세하게 이야기한다. 시시한 일들, 염병할 년들의 하찮은 이야기들, 내가 느끼는 것과 전혀 다르다. 나는 대외적으로 부모님을 많이 존경한다는 것을 보여줬고, 부모님을 좋은 품성을 가지신 권위적이면서 혹독한 이들로 소개하는 것이 제대로 교육을 받았다는 증거임을 깨닫기 전까지 부모님에 관해 절대 말하지 않았다. 다른 여자애들처럼 되기 위해서 나는 싸움의 이유를 바꾸었다. 내 부모님은 절대 할 수 없는 거절을 그들이 했다고 뒤집어씌웠다. 다른 이들과 비슷해지려면 《그 짓》을 지워 버려야 했고, 어느 날, 라틴어 문법을 배우면서 그 일이 일어났다. Mihi opus est amico[i], 더는 읽을 수 없었다. 그 짓이 대범해졌다. 어격이 동사와 함께. 손으로 하는 것은 너무 위험하다. 어머니가 온다면… Opus est. 달콤하다. 들어오지 않는 이 규칙. 무섭다, 전류가 흐르는 것 같다. 그러나 이제 나는 계속할 수 있다. Mihi opus est amico. 내게만 의도치 않게 그런 일이 일어난다. 끔찍한 비밀. 나는 헤맸다. 나는 계산대 뒤에서 감자를 팔 것이다. 5분의

---

i 나는 친구가 필요합니다, 라는 뜻의 라틴어.

승리를 다시 시작하길 원하는 위선적인 손가락들이 나를 주물럭거리도록 놔둘 것이다. 뜨겁고, 무겁고, 웅장한, 커다란 날개를 가진, 이불의 먼지 속에서 세 번의 발작으로 죽은 새. 목, 성기, 온몸 곳곳에서 대죄를 느낀다. 학교에서는 절대로 이런 간지럼을 느끼지 못했을 것이다. 또 한 번, 집에서 보낸 무익한 방학의 오후와 카페에서 들려오는 농담 때문이다. 그게 무엇이든 절대 고해성사에서 밝혀서는 안 된다. 성경 학교에서 반 아이들의 그 순수한 얼굴 앞에서 내가 알고 있는 것과 신부님의 농담, 나쁜 생각, 정직하지 못한 행동들을 이해하고 있다는 것을 밝히지 않기 위해 숨을 참는다. 나는 더럽고 더럽혀졌으며, 음탕하고 히스테릭하다. 책, 사전도 그렇게 말한다. 그리고 어느 날 아침, 정화가 찾아왔다. 다른 여자애들과 친밀하게 하는 것, 커다란 기쁨. 너무 오래 기다려서, 그 짓 때문에 오지 않는 거라고 생각했는데… 매일 아침, 무언가 불규칙적으로 미끄러지는 듯한 느낌을 느꼈다. 화장실에서 보라색의 얇고 가는 흔적을 봤다. 하얀 직물 위에 누운, 가운데가 밝은 석호 모양의 어두운 부스러기들. 신비로운 심연을 통과한 달콤하고 무거운 피의 냄새가 세상에 나와 죽는다. 짓밟힌 제라늄 냄새… 나는 새로 태어났다. 나는 깨끗하며, 이것은 나의 탄생이다. 이제 나는 여성이라는 커다란 유대 속에 들어간다. 3년째 더는 《보지》 못하는 어머니는 한마디 말도 없이 옷장에서 자신의 생리대를 꺼낸다. 마침내 나는 다른 애들과 무언가를, 통증에 찡그린 얼굴과 《나는 오늘 체육을 하러 나가지 않을 거야!》하는 속삭임을 나누게 된다. 나는 우수에 젖어 빨갛게 꽃 핀 작은 뭉치가 빨랫감으로 떠나가는 것을 지켜본다. 한 달이 길 것 같다. 그런데 만약 한 번만 일어났던 것이라면… 순수한 피의 흐름은 이미 15일 전의 낡은 추억이다. 나는 두렵다. 죄의 혼란 속에 생리의 은혜를 잃게 될까 두렵다. 다행히 붉은 세탁물은 규칙적으로 다시 찾아왔고 매번 태양에 달궈진 짐승 냄새가 났다…

어느 일요일, 나는 생리를 기다렸다. 나는 열 번이나 그것이 온 줄 알았다. 수요일이 되자 더 이상 날짜를 셀 필요가 없다는 것을 알았다. 지난 육 개월 동안 생리가 온 것이 기적이었다고 생각했다. 몇 가지 어설픈 조심들은 놀이 같았다. 벌이다. 마침내 진짜 벌이 내려진 것이다. 죽지 않으려고 버티는 핏덩어리, 생리를 보지 못한 나날들이 지나간다. 벌, 나는 그것을 추함, 더러움, 지저분한 카페, 증오와 고독을 담은 몸짓과 함께 처박아두고 잊었다. 끝이다, 드니즈 르쉬르, 영성체의 얼간이,

흥분한 친구의 팔에 끌려다니는 창녀, 병신, 수치심 덩어리, 나는 터뜨려야 할 나로 가득 차서 어느 한구석에도 부끄러움이나 부모님께 응당 가져야 할 감사하는 마음, 공부를 계속할 수 있게 해주는 착한 신에 대한 고마움이 들어갈 틈이 없었다. 그리고 제기랄, 엉터리 도덕은 날아갔다. 나는 그리 오래 울지 않았다. 학교에서 네 시간, 도서관에서 세 시간. 깨끗하게 샤워를 하고 목욕을 한 저 까칠까칠한 피부의 남자애들. 계속 울고 있기에 그들은 너무 멋지다. 수도꼭지는 잠겼다. 내가 성공하지 못할까 너무 두려운 나머지, 그들이 나를 불운으로 덮어버린 것이다. 그들의 얼굴에 집어 던질 것이다. 어머니가 창고에서 말리던, 여름이면 빛줄기가 철망을 그리던 물렁물렁한 생리대를… 순수함, 평온함을. 그 욕망은 이미 여름 방학에 덧창 뒤에서 나를 갉아먹었다. 어머니는 아무것도 몰랐다. «저 애는 행복하기 위한 모든 것을 다 가졌어. 공부만 좋아한다니까.»

삼학년, 이학년, 이미 나는 예전만큼 생각하지 않았다. 가끔 주방에서 가게나 카페를 어슬렁거리는 괜찮은 남자들을 훔쳐본다. 어떤 손님의 파리에 사는 사촌, 넥타이와 커프스에 단추가 달린 옷을 입은 외판원. 나는 주위를 맴돌며 문틈으로 눈치를 살핀다. 내가 꿈꾸던 금발의 남동생이 저런 얼굴일까... 일 년 만에 이 가정환경에서는 아무것도 기대할 수 없다는 사실을 깨닫는다. 노동자, 어색한 수습생, 촌사람, 내가 같이 가고 싶은 사람들은 이런 사람들이 아니다. 나는 같은 반 여자애들이 집에서 열린 파티에 대해 말하는 것을 듣는다. 더플코트를 입고, 브라상과 재즈를 좋아하는 친절한 남자애들. 나이트클럽 근처에서 그 애들을 기다리는 중학생들. 그 남자애들 중의 한 명과 데이트하기 위해 다른 애들처럼 되기, 이 새로운 것들에 입문하기, 그런 것들만이 유일하게 가치 있는 일이다. 나는 희열을 느끼며 중고등학교 학생들의 은어를 배운다. 르바위(중고등학교), 클롭(담배), 토끼(정력적인 남자), 부모님은 당황한다. «엘렉트로포르, 이건 누구야? — 엘렉트로폰이라고. — 그게 그거지. — 네가 공부에 도움이 되는 것은 그런 게 아니야. 브라성주인지 브라상주인지 너를 흥분하게 하는 그런 게 아니라고...» 그들은 공포를 끊임없이 내게 주입한다. «중학교 졸업 시험을 통과 못 하면 계산대나 지켜야 해!» 어머니는 『에코드라모드[i]』에서 첫 번째 댄스파티, 첫 바칼로레아에 관한 것을 읽고 태도를 바꾸려 하지 않는다. 같은 반 여자애들도 의심

---

i 여성 잡지.

한다. «선생님 말씀만 들어야 해.» 딱 한 번, 나는 스스로가 그 여자애들과 비슷하다고 생각했다… 그 애들은 더 이상 냉장고를, D.S 19[i]를, 바다에서 보낸 휴가를 얘기하지 않지만 제임스 딘, 프랑수아즈 사강, 〈고약한 사람 속의 예쁜 꽃송이[ii]〉를 말한다. 그런 것은 배울 수 있는 것들이다. 나는 아티스트들의 사진을 자른다. 나무 책상에 제임스 딘 이름을 새기고, 빌려온『슬픔이여 안녕』을 탐독한다. 어머니는『컨피던스』를 읽는다. 나도 어머니 때문에 델리가 훌륭한 작가인 줄 알았다. 나는 그 어느 때보다 그들을 미워한다. 부모님은 아무것도 모른다. 바보들, 시골뜨기들, 1리터짜리 와인을 파는 것과 일요일에 아무 말 없이 닭고기를 먹는 것 외에는 음악에도, 그림에도, 어느 것에도 관심이 없다. 내가 갈망하는 모던한, 진보적인 세상에서 그들의 자리는 더 줄었다. 정신이 온전한 순간에는, 이유는 알 수 없으나 스스로 여전히 천박하다고 느낀다. 어쩌면 그들 때문에, 촌스러운 취향과 그들의 방식 때문일지도 모른다. 여자애들이 비웃는다. «너는 루이 마리아노를 좋아하지!» 그리고 그 안경은, 가장 멋지고 가장 예쁜 여자애들이

---

i 시트로엥 자동차 모델.
ii 조르주 브라상의 노래 제목이다.

라도 비웃음을 사게 했다. «너 그거 싸구려지?» 벗어나지 못하는 너무 꼬불거리는 파마머리는 아주 짧은 포니테일 한 다발로 압축됐다… 나는 대화거리가 없다. 그 애들은 내게 모든 것을 가르쳐주지만 나는 그 애들에게 이야기할 것이 아무것도 없다. 그 애들은 내 학교 성적에 더 이상 관심을 보이지 않는다. 그 애들은 코르네유에 대해서는 말하지 않지만 내가 알지 못하는, 얼마 전에 죽은 브라크[i]에 대해서는 이야기한다. 다가갈 수 없는 롤모델, 크리스티안느. 그녀의 아버지는 극장 대표이고, 그녀는 범선을 조종하고, 태닝을 했으며, 노래하듯이 천사처럼 유창하게 말한다. 절대로, 그녀는 절대로 내 친구가 될 수 없을 것이다. 나 역시 생생한 수치심은 원치 않는다.

내 친구는 구두쇠 농부의 딸로 자전거를 타고 다니며, 옷을 이상하게 입고 나이트클럽에 온다. 반에서 이등인 오데트다. 우리는 절대 부모님에 대해서 말하지 않는다. 어느 날, 그 애가 부모님의 심부름으로 우리 집에 오고 싶어 했고, 나는 그것을 막기 위해 구실을 찾았다. 찾는 것 중 반은 없을 텐데, 창피하다. 나는 그 애가 자신의 부모와 환경에 대해 나 같은 감정을 느낄 수 있

i 조르주 브라크(1882. 5. 13 ~ 1963. 8. 31) 프랑스 화가.

다고는 절대 생각하지 못했다. 나는 우리가 취향과 성격이 맞아서 어울린다고 믿었다. 둘 다 모범생이었고, 작문과 논술에 뛰어났으니까. 나는 오데트를 진심으로 좋아하지 않는다. 문학 선생님은 몽테뉴를 언급한다. 《왜냐하면 그가 바로 나 자신이었기 때문에》, 나는 그 문장이 너무 심하다고 생각한다. 어느 날, 그 애가 첫 성체 배령 선물로 받은 황금색 깃털 펜이 굴러다니는 것을 보다가, 펜촉이 있는 쪽으로 책상 너머 던지고 싶은 욕구를 느꼈다. 자신도 모르게 함께 낙오한 이들. 꽃 행진을 하는 약 열다섯 대의 상용차(商用車), 젊은이들을 위한 축제에서 열리는 바자회 혹은 모터 크로스 경기, 우리는 서로의 팔을 잡아당기다가 미친 듯이 웃으면서 무엇인지 모를 것을 찾아 흩어졌다. 어머니는 《얌전히 놀아라》라고 말하며 동전 한 줌을 쥐여 주신다. 무엇을 하고 놀란 말인가. 공립 학교의 어린 여자애들은 하얀 제복을 입고 행진하면서 십 미터마다 멈춘다. 바람이 불자 제복 자락이 펄럭이고, 뒤에서는 남자들이 웃는다. 음악이 삑삑거린다. 창문 위로 바늘꽃이처럼 사람들의 얼굴이 삐죽 올라와 있고 파란 하늘이 펼쳐져 있다. 우리는 기다린다. 행진에 이어서 폭죽이 터지고 사람들이 서로를 알아본다. 남자애들이 부르는 소리.

우아하지 않은 나들이 복장을 한 사람들은 시골 사람들, 공사장, 공장 사람들이다. 오데트는 자신에게 쉽게 접근하도록 내버려 둔다. 나는 그들에게 대답하지 못한다. 그들의 웃음, 통통한 팔, 천박함, 고함, 욕설이 내가 싫어하는 모든 것을 떠올리게 만들기 때문이다. 내게 책의 순수함을, 『리제트』혹은『본수와레』의 순수한 꿈을 줄 수 있는 사람들은 그들이 아니다. 그들은 입을 다문다. 나는 그들에게서 그들이 내 세상에 속해 있지 않다는 신호를 부질없이 찾는다. «끝내 주는» 같은 표현이나 조르주 브라상의 노래 같은 것. 일요일에는 중학생들의 흔적이 없다. 도시의 오락거리, 보물찾기, 시청 앞 무대 위의 가요 대회, 촌놈들을 위한 것이다. 나는 카페 겸 식료품점으로 돌아간다. 어머니는 «너는 제시간에 들어오는 일이 없구나»라고 푸념한다. 내일 다른 여자애들은 깜짝 파티, 바닷가에 있는 카지노에서 보낸 오후와 무리 지어 간 우스꽝스러운 댄스파티에 관해 이야기할 것이다. 괜찮은 남자애들과 데이트를 하고 진짜 상냥한 사람이 되는 것, 나는 그렇게 할 수 없다. 오데트는 못생겼고, 그 애와 있으면 재수가 없다. 그 애는 머스터드를 만드는 남자들과 깔깔대며 웃는 것을 좋아한다. 싸구려 계집애. 보고 싶지 않다. 나 역시 싸구려일지도 모르니까. 신상품을 진열한 쇼윈도나 생각하지 못한 거울에서 머리카락이 엉망인, 큰 소리로 웃는, 타락한 입술의 나를 발견한다. 질 나쁜 사람 같다. 다른 여자애들은 우아하다. 몸과 움직임이 자연스럽다. 그 여자애들은 웃고 뛰고, 생각 없이 대답하기 위해 일어난다. 친구들의 눈에 내 몸은 늘 부자연스럽다. 나는 다시 걷는 것을 배우는, 넘어질까 두려워 잘 걷지 못하는 장애인 같은 인상을 준다. 나는 스스로가 부모님에게 낯선 사람이라고 믿었으나 자연스럽게 어머니처럼 걸었고, 동네 여자애들처럼 웃을 때 손으로 입을 가렸으며, 의자에 붙어 있던 치마를 떼기 위해 거칠게 잡아당겼다. 집에서는 생각 없이 제스처를 취했다. 문을 넘자마자 밖에서는 내 방식을 금지하지만, 어떻게 행동해야 할지 모른다. 콘을 돌려가며 즐겁게 아이스크림을 먹는 것, 버릇없이 가방을 바닥에 던지는 것, 유쾌하게 손을 내미는 것, 일종의 꿈들, 나는 빵에 함부로 버터를 바르고, 카페오레를 흡입하며, 침대에서 방 가운데까지 기어 와서 연필을 집는, 보도의 한 곳을 겨냥해서 창밖으로 침을 뱉는 내 습관들을 생각하면서 얼굴을 붉힌다. 열다섯 살, 나는 그 어떤 때보다 더 르쉬르였지만 내 안에 숨겨진 우아함이, 정지된 춤의 리듬이, 삶을 살 준비가 된 소설 속 여자 주인공이 숨어 있음을 느낀다.

어느 날, 마침내 중학생 남자애가 나에 대해 말했다. «그 여자애는 진짜 릴랙스해.» 수학 시험에서 20점 만점에 20점을 받았을 때보다 백 배 더 기뻤다. 릴랙스라니, 촌놈들, 싸구려 계집애들은 그런 말을 쓰지 않는다. 자전거에 매달려 다니는 오데트도 마찬가지다. 그 애가 농장에 돌아가기 위해 자전거에 올라타면, 치마가 엉덩이에 찰싹 달라붙어 있다. 다른 여자애들처럼 릴랙스해지는 영광에 이르기까지, 팔 끝으로 책가방을 흔들고 중학생들이 쓰는 은어로 말하고 플래터스, 폴 앵카 그리고 알비노니의 〈아다지오〉를 알기까지 거의 2년이 걸렸다. 나머지는 곧 따라오게 돼 있다. «가벼운 연애»가 내 안에서, 내 세계에서 나를 완전히 꺼내 줄 것이다. 나는 문제없이 졸업장을 받았고, 사립 학교의 삼 년이라는 긴 시간이 내 앞에 있다. «공부를 계속할 거예요…» 아직도 손님 중에는 내가 늦었다고 생각하는 사람들이 있다. «수료증을 못 받았지?» 어머니는 조심스럽게, 그러나 내가 더 나은 졸업장을 받았다고 은근히 말하지만 강조하지는 않는다. «질투 나게 하면 안 돼.» 증오, 그것이 누그러지지 않는다. 그들은 조금 더 품위 있게 행동해야 하며 접시의 소스를 닦아 먹지 않고 배달부에게 다시 줘야 하는 술병을 담는 상자나 빈 상자, 이율만 생각하는 대신에 내가 무엇을 하는지 관심을 기울여야 할 것이다. 이제 내가 졸업장을 받았으니 거의 대학생이나 다름없다는 사실을 인식해야 할 것이다. 자신의 세계를 빠져나온, 건방진 이방인. 내가 그들보다 아는 것이 더 많은데, 그들은 내게 명령한다... 가족들은 내가 누구를 닮아서 머리가 좋은 것인지 찾는다. 어쩌면 장학금을 받을 뻔했고 11살에 자격증을 땄다는 할머니일까. 그러고 나면 언제나 화제는 다시 부모님의 일, 가게, 1리터짜리 싸구려 포도주로 돌아온다. 그것들은 내가 좋은 성적을 받을 수 있게 돈을 내줬고 내가 계속, 계속할 수 있게 해준다... 아버지의 얼굴이 환하다. 《우리가 노동자였다면 해내지 못했을 거야. 이제 저 애가 벌어야지!》 어머니는 더 이성적으로 생각한다. 《나중에 저 애가 잘살면 좋은 거죠!》 나는 가족 식사 시간에 겉돌고 있다고 느낀다. 책임감에 주저앉아, 입술 끝으로 고기구이와 통조림 콩을 먹는다. 그러나 모두가 식탁을 둘러싸고 내가 받은 학위로 나를 붙잡으려고 애쓰는 동안 혼자 떨어져 있다는 것에, 막 빌려온 영어 음반, 시드니 비체를 꿈꿨다는 것에 만족한다. 결국, 나는 졌다. 모든 것이 그들의 은혜, 할머니의 영리함,

11살에 받은 그녀의 자격증, 외상을 한 손님들, 요양 병원의 늙은 멍청이들, 다섯 시에 일어나 타일을 붙이는 내 어머니 덕분이다. 그들이 없었다면, 대충 계산을 하는 그들의 방식이 없었다면, 몇 푼의 이득을 챙기면서 세금 신고를 하지 않았다면, 나는 영어를 한마디도 하지 못했을 것이며 그들처럼 철자를 틀렸을 것이다. 그들은 나에게서 모든 것을 가져간다. 그러나 내게는 교실에서 보낸 시간의 추억, 꼭 잡은 손들, 훌륭한 성적과 축하, 그들이 한 번도 들어간 적이 없는, 그들은 상상하지 못하는 그 모든 세계와 내가 침입하여 내 것으로 만들어 버린 문화가 남았다. 어쨌든 내가 승리한 것이다. 나는 방에 들어와 침대 위에 지쳐 쓰러지고, 거울 속의 나를 보다가 5분 동안 책 몇 줄을 읽는다. 화학 공부를 시작하고, 내가 그들을 완전히 속인 것이 아니라고, 부모님을 파산시키는 부패하고 더러운 여자애가 아니라는 것을 믿게 하려고 공부하는 척을 한다. 선생님들처럼 시나[i] 혹은 샬[ii]에게서 최소한의 흥미를 찾을 수 있다고 생각하는 것은 얼마나 어리석은가. 나는 그것을 내 욕망의 배경처럼 이용한다. 꽃무늬 벽지가 있고 내

---

i 프랑스의 대표적인 극작가 피에르 코르네유의 희곡.
ii 미셸 플로레아 샬. 프랑스의 수학자.

가 예쁘다고 생각한 옷장이 있는 내 방은 어느 대기실이다. 그곳은 클로파르 길 끝, 삶과 남자애들이 분주하게 움직이는 시내에 있다. 부모도 없고, 쉽게 나오는 말들로 몸이 자유로운 나는 차차를 추며, 남자애들과 주말에 집에 온 학생들, 교양 있는 가문의 잘 자란 학생들과 이야기를 나눈다. 나는 드니즈 르쉬르가 아니다. 늘 내 손을 잡고 나를 데려가는 누군가가 있다. 나는 수학 증명 수업을 들으면서, 수업을 들으러 가면서, 어디서든 이 고독 안에서 이 꿈을 꾼다. 남자애들뿐만이 아니다. 나는 그들이 끌고 간 세계에서 내가 되는 그 여자아이를 꿈꾼다. 이번에는 르쉬르도 가치가 있다. 여유롭고, 최신 유행을 따르고... 《괜찮은》 남자애가 읽는 것을 보고 어머니에게 사달라고 한『역사학』을 보다가 잠들면서, 깜짝 파티, 청바지, 코카콜라의 세상이, 부모님과 우리 집에서 술을 따라 마시는 노동자들, 한심한 그들의 세상에서 몇 킬로미터 떨어져 있다는 사실을 느낀다. 나는 여자애들을 통해 사람들이 그곳을, 아코디언 음악이 나오는 무도회장, 화이트 와인, 페르난델이 나오는 영화, 시립 악단의 공연, 우리 집에서 좋아하는 모든 것을 사람들이 싫어한다는 것을 알게 됐다. 중학생들은 우리 집에서는 아무도 걸려들지 않는, 시도해 볼 필요조차 없는 장난을 친다. 그들은 고전 음악, 아버지의 음악을 깔본다. 우리 집에서는 음악가의 이름조차 댈 수 없다… 그들은 아래층에서 밥을 먹고, 〈하얀 장미〉를 부른다. 일요일의 즐거운 식사… 르포르트 아들, 대단한 크리스티안느의 친구들 혹은 솔리에르 혹은 리우의 친구들, 누구든 좋으니 «괜찮은» 남자들과 데이트하는 것, 그것은 정화이자 내가 끌고 다니는 더러운 세탁물이 든 모든 가방을 내던지는 일이며, 행복이다. 더는 허공에 대고 주먹을 쥐지 않는 것, 더는 내 부모는 멍청하다고 거울이 달린 옷장 앞에서 소리를 지르지 않는 것, 나만의 소설을 사는 것…

고등학교에서 나는 어떤 수줍음도 느끼지 않고 남자애들을 사냥하기 시작했다. 누가 내게 그 부르주아적인 수줍음을 가르쳐 줄까. 내가 아직 짐작할 수 없었던 유의 것, 그것은 비밀스럽게 일어난다. 내면의 규칙. 나는 그것을 처음으로 『르 시드[i]』에서 보고, 그것을 조금 더 이해하게 됐다. 내게 그것은 늙은이들과 토목공들이 나를 만지지 못 하게 하는 것이나, 방에 있는 요강에 내가 앉아 있는 것을 아버지가 보지 못 하게 하는 것이었으며, 남자애들 뒤를 쫓는 것은 정숙하지 못한 것

---

i 피에르 코르네유의 운문 비극.

이 아니라 재주이자 운 그리고 의지의 문제였다. 가장 마음에 드는 단어는 «과감»이나, '건조함', '차가운', '휘파람을 불며'고, 시내에 가기 위해 클로파르 거리를 올라가면서 몹시 즐거워한다. 내 뒤로 마지막 빌라가 있고, 가장 아래쪽에는 르쉬르의 누런 벽이 있다. 나는 전쟁의 길 위에 있다. 걸음을 느리게, 엉덩이를 집어넣고 턱을 위로 든다. 나는 나를 상처 주는, 옥죄이는, 들끓게 만드는 모든 것, 학교를, 부모님을, 두더지들이 나오는 그들의 길을, 모든 것을 양심의 가책 없이 제쳐 놓고 던져 버리면서 모든 흔적들의 냄새를 맡는다. 이미 여자 친구가 있는 누구, 아무개, 결국 그리 나쁘지 않다. 나는 등급을 나누고, 냄새를 맡고, 제거한다. 조금 오래된 외투, 걸음걸이, 팔을 흔들거나 다리를 벌리는 것만으로도 마당의 오줌통이 떠오른다. 나는 금세 알아차린다. «저 사람은 공사장에서 일하는 사람이야» 그러면 그는 내게 더 이상 존재하지 않는 사람이 된다. 시내에 있는 술집, 음악이 쾅쾅 울리는 주크박스 근처에 라포르트 박사의 아들, 소니에르 철물점 남자와 후광이 나는 우아한 여자애들, 동경하는 그룹이 있다. 가던 길을 가자, 드니즈 르쉬르, 너에게는 아직 너무 높은 상대들이다. 아직 때가 아니다. 그 여자애들은 우리 반이지만, 여기서 그 애들의 눈에는 내가 보이지 않는다, 쌍년들. 다른 먹이들이 있다. 혼자이거나 겨우 보잘것없는 남자와 함께 하는 애들, 둘 중 하나는 괜찮다. 목소리가 날카로운 빨간 머리를 한 먹이, 금테 안경을 쓴 모습이 성실해 보인다… 영국인 같은 모범생, 화학도 같은 느낌… 물컹한 조개 입술. 크림색 레인코트 속에 늘 감추고 있는 손. 가을의 우수에 젖은, 새콤달콤한 분위기, 거기에 동그란 크리스털 안경 아래로 작아진 푸른 시선. 나는 계획을 세우며 이야기를 꾸며내며, 걷고 또 걸었다. 10시 예배에 여기서 그를 만날 것이다. 좋은 가정이다. 그의 아버지는 모자를 쓴다. 기 마냉, C반의 1등, 교회 뒤에 있는 건물에서 산다. 기독교 신자들에게 정보를 얻어낸 오데트가 제공한 정보다. 나는 쇼윈도에, 주방의 한쪽 거울에 비친 내 모습을 본다. 방에서 치마를 걷어 올리고, 포동포동한 허벅지를 재빨리 감춘다. 내 예상 안에서 그것을 내주는 일은 없으며 그저 순수한 포옹이어야만 한다. 나는 그를 점심과 저녁에 만난다. 서두르자, 눈빛을 주고받는 것은 너무 흔한 놀이다. 지겹다. 우유부단하고 소극적인 먹잇감. 치워 버려야 하는 바보 같은 놈, 쓸모없는 놈, 빨강머리, 이미 글렀다. 지체할 시간이 없다. 1학기가 곧 끝날 것이다. 그리고 우연, 만남, 50센

티미터 거리의 베이지색 레인코트, 주머니에서 어렵게 꺼낸 손. 차가운, 망설이는. 드니즈. 기. 잠자리의 공상 속에서 이미 내가 덮었던 그 불과 열기는 어디에 있을까. 그러나 그는 말이 유창하다. 계속되는 암시, 나는 질질 끈다. 나 자신이 서투르다고 느낀다. 계속 웃는다, 이미 낚인 것이다. 나는 이미 그를 반죽하고 내 입맛에 맞추기 위해 공을 들였는데, 그를 따라가지 못하고 있다. «너 클래식 음악을 좋아하지, 그렇지?» 맞다, 내가 재즈를 좋아하지 않는다면… 나는 아무것도 모른다고 말하지 못한다. 깜짝 놀란 나는 모차르트, 바그너 같은 이름들을 뒤죽박죽 내뱉는다. 그들이 작곡한 곡들을 사전에서 찾아야 할 것이다. 그는 «크로스컨트리를 같이 하자»는 남자애들과 인사를 나누고, 내게 가게들을 보여주며 말한다. «저 녹음기는 끔찍하네.» 그리고 죽을 만큼 지루한 이야기들이 지난번과 똑같이 시작된다. 가족, 친구, 여행. 나는 아무것도 없다. 다른 사람들의 이야기를, 아버지가 어쩌고 누나가 어쩌고 하는 타인의 이야기를 벗어나지 못한다. 질문이 올 것임을 느낀다. 왜 나의 차갑고 붉은 먹이는 입을 다물지 않는 걸까, 이렇게 토해내는 대신에 다정한 말과 몸짓이면 충분할 것을. 어쩌면 데리고 다니는 여자애 앞에서 자랑하려는 것이었는지도 모르겠다. 나는 그런 것에 관심 없었다. 왜 이 깨끗하고 잘 자란 소년은 내게 자신의 세계를 모두 뱉어내는 대신에 발가벗고 오지 않았던 것일까. 그 다음에는 요령을 터득했다. 나는 그들에게 질문을 던졌고 그들은 좋아했다. 나는 다시 질문하고 «코르시카에서 휴가를 보내면 너무 좋을 것 같아»라고 아첨했다. 내 가족을 위해서 피한 것이다. «내 부모님은 장사를 하셔.» 나는 그에게 무엇을 팔아넘긴 것인가, 기억이 나지 않는다. 그리고 그가 말했다. «우리 아버지는 회계사야.» 그의 말에 놀랐다. 나는 그가 나보다 위에 있는 사람인 줄 알았는데, 무언가를 편하게, 바보 같은 일도 맥빠지는 일도 편하게 말하는 그가 나는 놀라웠다. 말을 잘하는 사람들을 언제나 동경했기에 신경을 쓰지 않을 수는 없으나, 말할 사람이 아무도 없는 지금은 다르다. 아버지가 말하는 것을 들으면, 아버지는 무언가를 이야기하려고 하다가 세부적인 부분에서 헤매고 다시 뒤로 돌아간다. «내가 그 사람한테 말했더니, 그 사람이»라는 말을 몇 번이고 반복한다. 아버지도 말을 잘 못한다는 것을 인정한다. 그것도 역시 타고나는 것 같다. 태어날 때 갖고 있지 않으면 그걸로 끝이었다. 보르낭이 크림색 얼굴로 지드와 프루스트를 장황하게 이야기할 때, 나는 구역질이 나왔고, «술을 한 잔 마시면 괜찮을 거야»라고 생각했다. 그럴듯한 말을 하는 사람, 달변가, 그는 더 이상 나를 위해서 말하지 않는다. 그러나 지금, 나는 그 빨간 머리를 동경한다. 그는 재능을 갖고 있다. 나도 지난 프랑스어 수업 시간을, 볼테르를, 철학을 말해 보려고 시도했으나 그가 관심을 보이지 않았다. 그는 크로스컨트리와 재즈, 친구들만 좋아했다.

그다음 주의 만남. 그와 수준을 맞추기 위해 주어진 시간은 일주일이다. 길을 돌자 부모님의 집이 정면으로 눈에 들어온다. 매혹적인, 태양에 후광을 입은 낯선 이는 끝났다. 이제 그 자리에는 잘난 척하는 놈, 내 여문 증오와 분노 속에서 의심 없이 나를 거부한 수다쟁이의 힘 없는 손만 남았다. 나는 길에서 울음을 터뜨려야 했다. 알아야 할 게 있는가? 최신 유행하는 재즈, 어디서 배우나, 뭐라고 대답해야 하나, 나는 할 말이 없었다, 단어들조차 이해할 수 없었다. 바보 같은 놈! 그래도 내가 널 이겨 먹을 거다! 절대 놓치지 않을 것이다. 내가 얼간이라면 어쩔 수 없지. 다른 사람이 되려면, 가벼운 연애를 하면서 잘난 척을 하려면 그를 잡아야 한다... 내 열등감을 삼킨다. 나는 일주일 내내, 몸에 꼭 끼이는 어머니의 더러운 블라우스를, 아버지의 면도 거품이 떠다니는 세면대를, 엉망으로 진열된 완두콩 통조림을, 더는 보고 싶지 않았던 모든 것들을 보고 또 본다. 빨강 머리의 그 날카로운 눈이, 그가 봤다면, 그가 상상했다면… 그에게 나는 생 미셸 고등학교의 학생, 드니즈다. 나는 그것이 전부다. 나머지는 모두 겉으로 드러난 것이거나 틀린 것이다. 식사 시간이나 카페를 지나가는 일처럼 견디기 힘든 순간들이 있다. 저녁이 되면 더러운 접시로 가득 차 있는 식탁에 앉아 시럽이 들어간 껌과 날개로 파는 비스킷을 쑤셔 넣으며, 나의 구원을 찾는다. 나는 〈재즈를 좋아하는 사람들을 위해〉를 틀어놓고, 부모님이 깨지 않도록 라디오에 귀를 가져다 댄다. 종이 한쪽에 뮤지션과 곡 이름을 적는다. 4일 만에 나는 재즈에 미친다. 새로운 취향으로, 이불 속 상상으로 나 자신이 새롭고 풍부해진 듯한 기분이 든다. 수업 시간에는 들을 필요가 없다. 책에 있는 내용이니까, 다시 찾으면 된다. 나는 더 멀리 상상한다. 이 뜨거운 연애는 정성을 들여 이룬 분명한 나의 승리가 될 것이다. 동네의 한심한 녀석들이 나를 흘끔 쳐다봐도 아무 소용없다. 내가 누구와 함께 있는지 잘 보렴, 나는 드니즈 르쉬르다. 그녀가 너희들과 다르다는 증거를 이제 봤지 않는가. 그러나 식료품점 세계에서만 이룬 승리만은 아니다... 손, 입, 해야 할 것들, 일어날 일들...

약속한 토요일, 나는 그가 나를 너무 멍청하게 보지 않을까, 우리 부모님에 대해서 알게 되거나 나를 바람 맞히지 않을까 하는 불확실함과 비굴함으로 가득했다... 우리 집에 불이 나거나 어머니가 계산대 뒤에서 심장마비로 쓰러져야 내가 그 차가운 손, 크림색 레인코트, 조금 생기 없는 그 미소를 향해 달려가는 것을 막을 수 있을 것이다. 아직 대단한 성공은 아니다. 그를 다시 만나, 자기만의 스타일이 있긴 하지만 대단한 매력이라고 할 수는 없다고 생각했다. 그가 시내를 돌자고 했다. 음반 가게의 쇼윈도, 그는 재즈 뮤지션들을 많이 알고 있다. 극장 앞에서는 내일 아침 상영하는 영화를 알고 있다. 시내의 카페에서는 몰래 감탄했다. 부모님이 그 모던한 커피메이커와 과일 주스를 봤다면. 그는 〈쁘띠뜨 플뢰르〉를 틀었다. «광합성 할까?» 나는 바로 이해하지 못했다. 공사 중인 건물과 공동묘지를 지나, 우리는 울타리 친 초원에 도착했다. 질질 끈다. 선생님, 친구들 이야기, 이미 다섯 시 반이다. 왜 그래, 그는 내가 너무 서투르다고, 너무 못났다고 생각한다. 나는 이미 커다란 겨울 코트를 입었다. 다른 옷은 없다. 그는 마음에 드는 여자가 있다... 나는 다시 허망함에 빠진다. 어떻게 단둘이 두 비탈길 사이에, 고양이 한 마리도 지나가지 않는 길에 있으면서 아무 일도 일어나지 않을 거라고 상상하는 걸까. 그는 정상이 아니다. 나는 C반의 일등, 운동을 잘하는 꽤 괜찮은 남자애와 키스도 하지 않고 클로파르 길의 식료품점으로 돌아가고 싶지 않다. 나는 속도를 늦추고 그를 바라본다. 그것은 이제 더 이상 대담함이 아닌, 당연한 것이다. 대가 없는 대화는 없다. 그의 말을 듣느라 헛되이 애쓰지는 않겠다…

순식간에 모든 것이 이루어졌다. 팔을 구부려 두려움에 무기력해진 머리를 붙잡고 입술을 짓이긴다. 숨이 막힌다. 나는 무슨 물고기인지 모르겠지만 어떤 물고기처럼 머리를 먹힌다. 나는 원했던 것을, 나를 내맡긴 것을, 모든 것을 후회했다. 나는 소설 속 물컹한 것, 부드러운 것, 어린 신부님의 부드러운 어루만짐을 꿈꿨으나, 그것은 얼굴에 침을 잔뜩 묻히는 투견이었다. 그의 안경이 내 관자놀이를 눌렀다. 그러나 2분 후, 입을 다물고 걷다가 숨을 내뱉는다. 침묵, 몸을 붙이기 위해 비스듬히 걷는 걸음, 나를 휘감는 손, 나는 이 지독한 어색함에 조금씩 다리를 절었다. 그러니까 이것이 남자인가? 나는 열기에, 거친 숨에 사로잡혔고 가만히 입을 살짝 벌린다. 사소한 것들이 몰려든다. 치아, 아귀, 볼의 꺼칠꺼칠함을 알게 된다. 내 등 위에서 벌어지는 모든 손가락. 촉각의 축제다. 서로 바라보며 방해하는 쾌감, 말없이, 두 사람 사이에 이뤄지는 모든 몸짓으로, 치아와 입술, 각진 턱과 미지근한 목덜미, 부드럽고 축축한 손바닥에서 차갑고 건조한 손가락까지 이어지는 단단하고 물렁물렁한 것을 연속적으로 느끼는 쾌감. 가장 아름다운 것은 침묵이다. 허세를 부리고 재잘거리던 그가 입을 다물었다. 5분 전 우리의 이야기도, 악수도, 보잘것없이 사라진다. 밀려드는 살결, 입술, 그리고 내 생각을 멈추게 하는 혀. 빌어먹을, 나는 부끄럽지 않았다. 아무것도 이해하지 못했던 것이다. 나는 그것이 시험에서 일등을 하는 것, 쌍년들을 누르고 쟁취한 승리나 증오심을 품은 만족감 같은 것이리라 믿었다. 나는 더 이상 익숙한 방식으로 승리를 거두지 않았다. 나는 누구에게도 이해받으려 하지 않았다. 나는 더 이상 열등하지도 우월하지도 않았다. 부모님의 식료품점도, 부모님도, 그들의 희미한 모습도 더는 생각하지 않았다. 틀림없다. 나는 행복했다. 모든 이들을 비웃는 진정한 행복, 후회 없이 드니즈 르쉬르로 살기. 몇 년은 거뜬했다. 나는 곧장 방으로 올라갔다. 스웨터를 벗고 옷장거울 앞, 바닥에 앉았다. 희미한 빛 속에서 광택이 도는 분홍색 새틴 브래지어를 입고 있는 우중충한 이 얼굴, 나. 몰래 훔친 사탕을 핥아 먹던 여자애, 부모님의 얼굴에 침을 뱉을 나쁜 년, 학교 친구들을 질투하는 애, 어린 비행 청소년은 저기 멀리 있다. 나는 브래지어의 끈을 내리고 포니테일 머리를 다시 뒤로 넘겼다. 드러난 내 얼굴과 손이 초연해 보였다. 다른 신체 부위는 아직 그림자 속에 있었다. 부끄럽고 외로운 밤이었다. 그러나 거울 속의 내 가슴은 빛난다. 나는 이미 그가 목 아래로 더 내려가길 원했던 것 같다. 입술 주변이 익어 있었고, 그 빨강 머리가 아직 그곳에 매달려 있는 것 같았다. 나는 아무것도 지우지 않기 위해 이틀 동안 얼굴을 씻지 않았다. 은혜가 내게 내려졌고 카페의 소음이 부드러운 배경음이 됐다. 나는 더 이상 위협적이지 않은 엉큼한 남자들 앞을 서두르지 않고 지나갔고 손님들에게 인사했다. 아버지는 빳빳하게 다림질을 한 멜빵바지를 입고 있었고, 요양병원의 늙은이들은 칼바도스를 넣은 커피를 둘러싸고 기분 좋게 축 늘어져 있었다. 나는 비현실적으로 토마토와 비프스테이크를 먹었다. 내 부모가 세상에서 제일 한심하거나 제일 멍청해도 괜찮았다. 밀가루와 버터 소스, 침으로 얼굴을 더럽히고, 거칠고 축 처진 피부를 가져도 됐다. 나는 이제 그 무엇도 미워하지 않게 됐다.

그것을 사랑이라 부를 수도 있었다. 사랑, 사랑에 빠진, 그것은 델리,『컨피던스』혹은 최근에 빌린『르 그랑 몬느』[i]이었고, 수업 시간에 배운 라마르틴, 뮈세였다. 감정의 분석, 그것은 내가 작문을 할 때 제일 잘하는 것이다. 그를 사랑한다고, 수다쟁이이자 재즈와 크로스컨트리밖에 모르는, 쑥 들어간, 날카로운 치아를 가진 그를. 그저 그가 우연히 내게 떨어진 것이다. 다른 사람일 수도 있었다. 커프스를 착용하고 책가방을 들고 다니고 가정교육을 잘 받았다면 누구라도 상관없었다. 가끔은 식사를 하다가 한 번이면 충분하다고 스스로에 말할 때도 있었다. 그러나 나는 알고 있었다. 나의 빨강 머리와 또 산책하게 되리라는 것을… 니니즈, 너는 그를 거부할 수 없었다. 그는 이미 단정하고, 헐떡이는, 초라하고, 땀으로 범벅 된 남자애들을 모두 합쳐 놓은 것과 같다. 나는 땀과, 어머니가 요리용 화덕 문에 데우는 잠옷과 같은 온기를 가장 좋아한다. 매번 끈적이는 그에게서 빠져나오는 내 몸, 활짝 편 손… 16살 남자아이의 몸 그리고 쾌락, 아무도 기억하지 못한다. 아무도 그것이 진짜 뒤집힌 세계라고, 새로운 발견이라고 말하지 않는

---

i 프랑스 작가, 알랭 푸르니에의 소설이다.

다. 여자애들도 여자애들끼리 말하지 않는다. 나는 내가 행복했다는 것을, 내 몸은 나의 좋은 친구라는 사실을 알고 있었다. 세상은 다시 내 것이 됐다. 부모님은 궁지에 몰렸고, 공부는 그 자체로 의미를 잃었다.

우리는 5개월 동안 만났다. 토요일 네 시 반 혹은 일요일, 미사에 가야 할 시간에. 잘 골라야 한다. 미사에 가면 늙은이들과 산패한 불행, 고기구이와 완두콩을 곁들인 지난 일요일의 냄새가 난다. 우리는 공사 중인 건물 끝의 뾰족한 울타리 사이에 있는 늘 같은 길에서 만났다. 오솔길을 발견했던 것이다. 그 멍청이는 능숙했다. 그는 늘 내가 기대했던 것보다 더 간격을 두고 불규칙적으로 진도를 나간다. 그의 손가락 끝에서 내 몸이 구체적인 작은 조각이 되어 나타났다. 그는 더 멀리 나가기 전에, 저 뒤에 있는 촘촘한 지점에 이르기 전에, 매번 지난번에 했던 여행을 다시 한다. 대화, 손을 만지고 허리를 잡는 손, 성난 입술, 나를 간지럽히는 볼, 벗은 안경, 잘 잠겨진 지퍼까지 더듬어 나가며, 피부까지 레이스를 넓히는 손, 작전이 쉽게 이뤄지도록 나는 숨을 멈춰야 한다. 그가 브래지어를 푸는데 토요일에는 5분, 일요일에는 2분이 걸렸다. 그는 잠긴다, 내려간다. 늘 위에서 아래로. 그의 손가락 아래에서 무디어지는 쾌락. 혼란의 일 분. 지금까지는 내 가슴이 어디에도 쓸 모가 없었다고 말했지만, 갑자기 천 개의 성감대가 내 몸에 더해진다. 그러나 나는 그것들이 아직 다 발견되지 않았음을 알고 있다. 나는 기다렸다. 토요일에서 토요일까지, 그와 헤어질 때면 점점 더 허전해졌다. 그가 핑계를 만들어 내기 일주일 전, 작문, 지리, 역사 수업이라는 세 가지 문제가 있었다. 우리는 프라하의 창문 투척 사건[i]을 공부하는 중이었다. 수업 시간에 하는 공부는 더 이상 수준에 맞추기 위한 방법이 아니라 양쪽 길 사이를, 적어야 할 종이, 필기, 맞추든 틀리든 상관없이 문제 풀기 다음에 오는 것을 채우기 위한 것이었다. 나는 오데트에게 매주 달라지는 것들을 설명해 적은 종이를 슬며시 넘겼고, 오데트는 그것을 보고 웃었다. 다른 여자애들도 내게 괜찮은 애인이 있다는 사실을 알고 있다. 그는 엔지니어가 되고 싶어 한다. 기초 수학을 전공할 것이다. 착한 젠틀맨 남자친구. 그러나 나는 사실 그를 제대로 보지 않고 늘 눈을 감고 있었다. 그는 피부와 숨결과 이미 익숙해진 윤곽, 나를 애쓰게 만든 저항으로 이루어졌을 뿐, 그는 몸짓의 합이었다. 남들에게는 젠틀맨, 내게는 주름 잡힌 치마 속으로 미끄러

---

i 1618년 신교도 귀족들이 페르디난드 2세의 대관을 창밖으로 내던진 사건

지는, 들어가는 손, 지퍼를 당기자 아주 분명해졌다, 이 번에는 됐다, 나는 그가 감히 해내리라 생각하지 못했 는데, 내 배 위에서 10cm 아래로 더 내려가고도 멈추지 않는다. 엄청나게 긴 몇 초. 살 사이를 포복하는 이 침 묵의 손. 그는 항해하다 길을 잃는다… 환상적이고 붉은 것. 나 자신이 오래된 죄악의 비늘이 벗겨진, 연약한 새 사람이 된 것 같다. 작은 오솔길에서 단둘이, 더럽지 않 았다. 한 달 후, 이번에는 내가 그 신비로운, 버섯처럼 활짝 펼쳐진 형체에 다가갔다. 축축한 손가락, 피, 물, 빨 간 머리카락이 헝클어진, 이 불행한 소년의 일그러진 얼굴을 어떻게 봐야 할까… 그렇다, 아마도 나의 공모자 를 향한 애착, 어떤 다정함일 것이다. 나는 치마에 남긴 식어버린 얼룩과 내 목에 기댄 번쩍이는 머리와 함께, 이제 막 태어난 쾌락에 녹아내려 말한다. 《사랑해.》

5개월 동안 같은 의식을 치렀다. 생 미셸 나이트클 럽 근처에서 만나서 다른 여자애들이 보도록 중심가를 돌고, 센트럴 바의 주크박스로 〈온니유〉 혹은 〈양파〉를 틀고, 작은 오솔길로 내려왔다. 우리는 무언가를 했고, 중요한 일은 해야 할 일로 남아 있었다. 적어도 나는 그 렇게 믿었다. 열일곱, 만약을 대비해야 했다. 가끔 '델리' 나 『소녀, 브리짓』이 목 끝까지 다시 올라오지만 진정한 사랑을 위해서 지켜야 한다... 걱정도 된다. 다른 여자 애들도 나와 마찬가지로 연애를 한다. 여자애들은 파티에서 어디까지 가야 하는지를 묻는다. 오데트는 용접공과 사귄다. 비교가 불가능하다. 오후 수업 시간 내내, 나는 손으로 얼굴을 가리고 살갗에 남은 마지막 추억에 휩싸인다. 나는 어렴풋이 욕망한다. 나는 「사형수의 발라드ⁱ」로부터 먼 곳에 있다. 단어는 무겁고 검게 흐려지며, 꾸르륵 소리를 낸다. 반쯤 죽은 파리다. 나는 가책과 욕망에 몸부림을 치며, 다른 무엇도 생각할 수 없다. 서로 만지고, 침을 섞고, 머리카락, 끈적임, 살갗의 아찔함, 무언가를 가두는 형체... «줄의 법칙ⁱⁱ! 드니즈 르쉬르!» 의심도, 상상도 하지 못하는 수척한 늙은 교사에 의해 관능적인 꿈에서 깨는 이 무언의 행복. 부끄럽지 않다. 내 입술이, 내 골반이, 쾌락 그 자체까지도 자랑스럽다. 타인을 아는 것, 안으로 들어간 그의 치아와 매끄러운 귓불, 개의 콧방울처럼 숨은, 솟아오른, 따뜻한 그것... 5개월 동안 세상이 돌았다. 존재는 시큼한 냄새가 나는 커다란 육신의 꿈이 됐다. 봄은 오기 시작했다. 오솔길에 으깨진 풀, 태양 없이 자동차의 배기가스로 달

ⁱ 프랑수아 비용의 시.

ⁱⁱ 저항체에 흐르는 전류의 크기와, 이 저항체에서 단위시간당 발생하는 열량의 관계를 나타낸 법칙.

귀진 토요일의 먼지, 끈적이는 냄새를 간직한 손가락들. 눈을 감으면 그것은 늘 붉은색 같았다. 꽃이 핀 배꽃 나무 냄새 혹은 자벨수로 문지른 타일 냄새처럼 느껴진다. 나는 기름지고 따뜻하며, 젖은 개털 냄새가 나는 그의 손에서 나 자신의 냄새를 맡는다. 또 불안하다. 나만 그런 것이라면, 혹시 아무도 그렇지 않다면… 약 열다섯 개 상점의 스피커에서 에디트 피아프, 샤를 아즈나부르 노래가 들려온다. 세상은 열정과 쾌락으로 흘러내리고 나는 그 안에 있으며, 내 팔 위에 있는 애인의 손은 축축하다. 골반으로 올라간 내 슬립이 열기로 나를 감싼다. 우리는 시내로 다시 올라간다. 내게는 도시 전체가 재생지처럼 보인다. 광고가 울린다. 좋은 커피는 다미에서 산다, 우아한 옷, 꼭 해야만 하는… 르쉬르 카페 겸 식료품점이 거론될 리가 없다. 제일 못난 것들을 파는 클로파르 길의 작은 가게. 그러나 나는 신경 쓰지 않는다. 카페 겸 식료품점은 도시 끝에, 세상 끝에 있다. 내 애인, 나의 기둥서방 옆에서 나는 더 이상 르쉬르가 아니다. 그는 초벽이 칠해진 벽에 손가락을 질질 끌면서 걷는다. 거친 소리가 난다. 이제 내게는 미움도 질투도 남아있지 않다. 엄청나게 축 늘어지는 느낌과 느슨히 풀린 손만 있을 뿐.

나는 나 자신만을 생각한다. 발가락부터 포니테일로 묶은 머리끝까지 나는 진정한 쾌락 덩어리였다. 갑자기 두려워졌다. 부모님이 아신다면, 이런 것들 없이는 살 수 없게 된다면, 가장 두려운 것은 내가 집착하게 되는 것이다. 마침내 조금 더 명확하게 보고 만다. 나는 빨간 머리를, 그의 크로스컨트리, 두더지 안경을 지루하다고 여기고 있는 것이다. 조금 덜 바보스러워졌고, 우등생들을 보면 모두 꾸며진 모습이란 것을 알게 됐고, 그보다 내가 더 우월하다고 느끼기 시작했다. 우리가 헤어지게 되면 나는 그가 바칼로레아에서 두 번 실패한 것을 알게 될 것이고, 그런 한심한 놈에게 붙들릴 뻔했다는 사실에 몸을 떨 것이다. 어머니가 손님들에게 하시던 말씀이 떠올랐다. «창녀들은 한번 시작하면 멈출 수 없어요. 자기 애비 애미도 죽일 거예요..» 번쩍했다, 그저 번쩍, 내 행복은 순수하고 빛나며, 요양원의 노인들이 킥킥거리며 속삭이는 불결한 말들과 전혀 다른데...

다르다고 믿은 것은 오만이었다. «우리는 친구나 마찬가지야.» 아버지가 말했다. «그러니까 다른 사람들처럼 행동해.» 어머니가 말했다. 거짓말, 다른 사람들, 누구? 멍청한 늙은이들, 섬유 공장에 다니는 모네트 같은 애들. 혹은 학교 친구들, 선생님들? 그래, 학교 친구들처럼. 그러나 나는 그렇게 되지 못할 것이다. 당신들 때문에, 당신들이라는 존재 때문에. 나를 내버려 둬요. 나는 당신들을 닮고 싶지 않아… 그것은 아직 제대로 된 장소에 떨어지지 못했다. 그저 손에만 닿았을 뿐. 그러나 그것은 이미 우글거렸고, 몇 년 후에는 곧장 내 뱃속에서 흐르게 될 것이다. 물컹하고 끈적이는 비누 덩어리 같은 것. 벌은 이미 거기 있었던 것이다. 좋다고 믿었던, 내게는 절대 일어나지 않을 것이라고 믿었던 것에.

«너는 네가 남들보다 더 잘난 줄 알지!»

2월의 어느 토요일. 벨을 누른다. 다섯 시 반이 넘었다. 핑계를 찾아야 한다. 가게는 비어 있다. 운이 없다. 어머니는 분명 설탕이 가득 든 카페오레를 먹는 중이다. «이 시간에 들어오는 거냐?» 구세주, 벨이 울린다. 어머니는 주먹을 들어 올리며 말한다. «기다려! 너랑 결판을 내야 하니까.» 아버지는 앉아서 감자 껍질을 까며 내게 경고한다. «퍼부어 댈 거야!» 멀리, 밖에서 나는 소리처럼 들린다. 어머니는 식료품점에서 말한다. «부인, 더 필요한 거 없으신가요? 네, 오렌지가 아주 달아요. 계산할 게 조금 남아 있는데, 기억하시죠?» 무슨 일일까? 내 성적일까? 내 성적은 항상 좋은데. 어쨌든 습

관의 힘이다... 누가 나를 봤나? 나의 눈부신 오솔길 산
책이 여기서 어머니의 장사꾼 말투와 하얀 막으로 덮
인 카페오레와 섞이는 게 가능한 것인가? 그렇게 되도
록 내버려 두지는 않을 것이다. 나는 이곳에 유연해진
내 행복한 몸을, 내 공범자를, 나의 빨강 머리를 들어오
게 두지는 않을 것이다. 부정하고 숨길 것이다... 어머니
가 우중충한 얼굴에 불안한 기색으로 주방에 돌아온
다. 주머니에는 기름 얼룩이 묻어 있다. «이 더러운 년,
너 공동묘지 길에서 부랑아 같은 놈과 뭘 하고 다닌 게
냐? 말해 봐, 응?» 나는 융통성 없이 거짓말을 한다. 아
니야, 아니라고. 갑자기 어머니가 이를 갈며 분노한다.
아버지는 감자에 코를 박고 있다. 얼굴 곳곳에서 분노
가 터져 나온다. «얌전한 고양이가 부뚜막에 먼저 올
라간다더니! 우리 품에 있는 착한 아이인 줄만 알았는
데! 얌전한 줄 알았지! 저를 위해 똥구멍이 찢어지게 일
했건만. 더러운 년! 네가 뭐가 부족해서!» 어머니는 으
르렁거리는 소리를 내며 나를 때리려고 하지만, 포랑
아버지가 병이 가득 담긴 가방을 가게 문턱에 내려놓
는 중이다. «게으른 인간아, 문 열어줘!» 아버지가 쥐처
럼 달려간다. 어머니는 내 주위를 빙빙 돌며 묻는다. «
그 부랑아는 누구야?» 어머니의 승리다. 어머니는 나를

조롱한다. 어머니는 강하다. «혹시 너 어디 아픈 거 아니냐? 그놈은 너를 함부로 여긴다고. 널 우습게 여기고 있어!» 내가 그 남자애들과 같은 수준인지, 그렇지 않으면 그들보다 못한 것인지 내가 알아야 하는가? 어머니는 대답하지 않고, «시험부터 봐, 그런 것들은 그다음에 생각해»라고 한다. 지친 어머니는 앓는 소리를 낸다. «그러다가 열다섯에 남자들과 놀아나는 이 동네 여자애들처럼 된다! 너는 사립학교에 다니는 공부하는 아이라고!» 어머니는 불안에 사로잡힌다. «르시앙 엄마, 그 늙은 두더지가 너를 봤으니 실컷 놀리겠지, 모자란 년! 자기가 다른 사람보다 잘난 줄 안다니까!» 어머니는 자세를 바로 하며 «나는 그저 노동자일 뿐이었지만, 네 나이에는 품행이 단정했어!»라고 한다. 어머니는 욕을 내뱉고 자신의 욕설에 질식한다. 어머니는 울보가 된다. «우리가 이 상스러운 년을 위해 그렇게 고생했다니! 우리는 네가 14살 때부터 일하라고 내보낼 수도 있었어, 남자애들과 주둥이나 맞추고 다니다니!» 한 시간 반 동안 이어졌다. 나는 말 한마디도 못 하고 어머니만 쳐다봤다. 어머니는 자신의 블라우스를 잡아당겼다. 어머니는 안절부절못했다. 어머니의 말은 나를 향한 것이 아니었다. 당신이 만들어낸, 시험에서 좋은 점수를 받는,

모범생, B.E.P.C(중등교육 수료증)를 받은, 바칼로레아에 합격할 드니즈를 향한 것이었다. 어머니 말이 들리지 않았다. 그리고 어느 때보다 더한 증오가 다시 시작됐다. 나는 전과 다른, 뱃속까지 느껴지는 이유로 증오가 폭발했다. 두려움은 어머니가 가진 전부였다. 손님들의 말 때문에, 내 공부 때문에, 나를 사립 학교에 보낸 것이 아무 소용없는 일이 될까 봐, 나를 가르친 일이 아무 쓸모 없는 것이 될까 봐 두려웠던 것이다. 만족하지 못하는 괴물. 가게에서 어머니가 즐기며 듣던 모든 헛소리들, 어머니는 그것을 내게 줬던 것이다. 어머니는 윤리 때문에 울었다. 나는 어머니가 그토록 윤리적인 사람인지 전혀 몰랐다. 선생님, 신부님들보다, 『초가집의 밤 모임』보다 더하다. 어머니의 윤리는 다르다. 그저 품행이 단정한 것, 바른 행실이 전부였다. 어머니는 그것을 반복해서 말했다. 어머니의 윤리, 그것은 두려움이었다. 어머니는 말을 멈추고 무성한 잡초가 수염처럼 달라붙은, 잊고 있던 오솔길의 흙이 덕지덕지 묻은 신발을 노려봤다. 어머니가 창백해졌다. 나를 죽이려고 할 것이다. «숲! 숲! 너 숲에 갔었구나!» 어머니는 나를 때렸다. 세게 주먹으로 등을 두 번 때렸다. 포랑 아버지는 문틈으로 곁눈질을 했다. 어머니는 나를 계단까지 끌고 가며 소리쳤다. 이 쌍년, 쌍년, 너 혹시라도, 혹시라도 너에게 끔찍한 일이 일어나면, 듣고 있니? 끔찍한 일, 그렇게 되면 이 집에 발도 들이지 마라. 어머니는 옆집의 광견병 걸린 개처럼 나를 가뒀다. 내 밑으로 떠드는 소리, 절규가 오갔다. 기름칠이 덜 된 현금통의 삐걱거리는 소리가 들렸다. 손님들은 쥐며느리처럼 내 방 나무 바닥 밑으로 슬그머니 들어와 유포로 된 가방에 물건들을 넣었고, 병이 부딪치는 소리, 저울의 쟁반 위로 마른 것들이 떨어지는 소리 사이로 어머니는 '더 필요한 건 없어요?' '더 필요한 건요?'라고 물으며 한없이 징징거렸다. 나는 설탕과 완두콩, 비스킷, 음식, 싸구려 와인, 주방의 잡동사니, 빗자루가 있는 좁은 공간에 누웠다. 더 필요한 건요, 더 필요한 건 없어요, 모두 사라져야 한다. 지갑 속 동전 한 움큼을 뺏어야 한다. 나는 고독과 증오로 터질 듯하다. 어머니가 마음 깊숙이 무시하는 방탕한 여자, 동네 여자애들 같은 창녀. 쾌락으로 풀을 먹인 내 새살은 이미 보기 흉해졌고 더러워졌다. 더러운 짓, 부도덕한 행실, 입술 안쪽의 부드러움, 아주 붉었던 목, 축축한 손. 손가락, 허벅지에 묻은 느림보의 침. 깨끗하고 자유로운 공간은 이제 없다. 어머니는 부엌에서 나를 쥐어뜯고, 발가벗은 나를 흔들고, 머리부터 발끝까지 윤리로 할퀴었다.

그날 오후, 그들은 이겼다. 기회를 노리다가 내게 복수했고 책 속에 집어넣었으며 외출을 막았다. 어머니는 저녁 내내 복수를 위해, 지우기 위해 분노로 장사를 했다. 할 수만 있었다면, 어머니는 자신의 말처럼 내 가슴과 거기를 박살 냈을 것이다. 그들은 똥을 지릴 만큼 겁을 먹었다. 그들의 야망은… 드니즈는 조용해요. 공부하거든요. 늘 공부를 잘했어요. 다섯 살에 사전을 읽었죠! 그들은 평온했다. 그렇지만 남자애들과 어울리는 드니즈, 자유롭고 행복한 드니즈라니, 그들은 매우 분노한다. 그들은 자신들의 윤리 속에, 두려움 속에 나를 집어넣기 위해 나를 그들의 구유로 데려가서 더럽힐 것이다. 나 역시 두려워해야 했다. 그렇지 않으면 나는 성공할 수 없었다, 자신을 포기했을 것이다…

이제 나는 무엇을 해야 할까, 책, 숙제, 구운 고기가 있는 일요일, 일 년에 한 번 리지외로 버스를 타고 가는 성지순례, 대성당과 작은 덤불, 마당에 술병을 담는 상자들 사이에서 혼자 태닝을 하며 보내는 방학… 다른 여자애들은 춤을 추고 음료를 마시러 센트럴 바에 계속 다닐 것이고, 해변에 갈 것이다. 그날 그들은 나를 이겼다. 그건 사실이다. 나는 울었다, 겁이 났다, 다음 해에 있을 바칼로레아를 생각했다. 내가 창녀가 된다면, 구역질 나는 놈들 뒤를 따라다니기 시작한다면, 즐거움을 주니까... 나는 다시 더러워졌고, 타락했다.

그들은 무엇을 믿었단 말인가, 그들이 소리를 지르면 내가 들을 것이라고, 내 방에 갇혀서 '아멘' 할 것이라고 믿었던가. 그들은 이렇게 상상한다. «드니즈는 오지 않았어요. 극장에 간다고 우리에게 편지했거든요» 그리고 그들은 그것을 믿는다. 착하고, 얌전하고, 바칼로레아를 통과했으며, 2차는 1학기에 합격했고, 6월에는 예비과정에 들어간다. «그 애가 뭘 하고 싶어 하냐고요? 몰라요. 아마도 선생님이겠죠. 중요한 것은 가능한 출세하는 거예요.» 어머니는 고개를 숙여 귀를 기울이고 한쪽 주머니에 손을 넣으며 신중한 태도로 선생님이 했던 말을 따라 한다. «큰 인물이 될 거예요!» 어머니는 빛이 났다. 어머니는 그들의 말을 마셨다. 어머니는 내가 극장에 있는 모습을 그리고 «그것으로» 만족했다. 3년 전에 어머니는 위험을 느꼈다. 딸이 빗나갈 뻔했다. 큰일이 있긴 했지만 정상으로 돌아왔다. 철저히 감시하면 된다고, 어머니는 말한다. 그렇다면 당신들에게 작은 선물을, 늦었지만 어머니 날을 위한 깜짝 선물을 가져다드리리. 보라색의 형태가 없는 그것. 내 뱃속은 매듭, 풀리기를 멈추지 않는 매듭진 로프. 그 깜짝 선물은 어머니가 일요일에 가져오는, 하얀 꾸러미 속에 끈으로 묶여 있는 딸기 상자처럼 아직 단단히 매달려 있다. 모든 것이 정상이었다면, 깨끗하고 따뜻한 집이었다면, 내가 그들을, 그들의 집을 좋아했더라면, 그렇다. 그랬다면 정상으로 돌아갈 수 있었을 것이다.

내 후회는 3개월도 채 가지 않았다. 5월, 나는 마당의 무아재비 향과 소변기의 오줌 냄새를 맡는다. 술집의 창문 안에 녹이 슨 «영업 허가증» 아래로, 나는 자신을 명확하지 않으며 비현실적인 사람으로 본다. 바보들. 계산대에 매달려 있는 그들이 어떻게 내 감정과 감각을 이해할 수 있겠는가. 그들은 수학과 문학을 전혀 모른다. 늙은 바보들은 소처럼 소리를 지른다. 그들은 무엇인가 일어날 낌새라고, 이번에는 끝장났다고, 무능하고, 게으른 쓰레기들을 변소 구멍으로 쓸어버려야 한다고 말한다. 돌려서 말할 것은 없어, 우리 노동자들은 늘 따먹혀왔으니. 결집 그리고 뒤죽박죽, 두고 봐, 두고 봐. 르쉬르 아버지, 포도주 한 잔 따라 봐. 어쨌든 그것은 마지막 잔이다. 구름이 흩어진다. 손가락 사이 오렌지색 금잔화, 다른 남자친구가 생길까, 생기지 않을 거야, 생겨, 안 생겨, 생겨! 그도 역시 그 작은 꽃잎을 센다.

짓밟힌 한가운데에서 시큼한 향기가 퍼진다... 그들이 말한 것이 진짜라면 상황은 심각하다. 저기 알제리에서 장성들이 권력을 잡았다. 혁명... 사람들이 싸우고 숨으면, 나는 무엇보다 내 집에서 탈출할 수 있을 것이다. 창고로, 남자애들과... 옛날 독립운동가들처럼. 마침내 내가 떠날 수 있도록 프랑스에, 세계에 무슨 일이 일어난 것이다... 사람들은 밥을 먹는 동안 뉴스를 듣는다. 《어떻게 돼 가는 거야, 어떻게 돼 가는 거야, 똑같은 말만 하네, 제기랄, 좋지 않아, 봤지, 그들은 콜롱베레로 찾으러 갈 거야. 어쩌겠어, 달리 방법이 없는데...》 아니다, 나는 그 사람이 오는 것을 바라지 않는다. 그에 대해 생각나는 것은 없지만, 그는 모든 것을 구할 것이고 나는 모든 것이 다시 조용해지는 것을 바라지 않는다. 부서지고, 터지고, 르쉬르 상점이 곧 부서지고 무너지고 파괴된다면, 우리는 이곳을 떠날 것이다. 나는 더 이상 증오하지 않는다. 아니, 그렇기를 바란다. 사라지는 몇 킬로그램의 설탕 그리고 기름, 커피, 통조림, 갑자기 찾아온 빌라의 여자들, 단번에 각설탕 10kg을 사 간다, 오므린 입술, 그러나 그녀들은 두려워한다. 손님들도 마찬가지다. 기름 2리터만 따로 챙겨줘요. 월말에 계산해 줄게요. 식품을 사재기한다는 것은 일종의 신호다. 돌아오고 있다. 학교는 문을 닫을 것이고, 큰 변화가 있을 것이다. 그러나 나는 몹시 환호하며 그 신호에 매달린다. 주정뱅이들의 대화, 사라지는 정어리 통조림. 열다섯 개 상점 축제 위원회는 그들의 놀이를 멈췄다. 더는 보물찾기도 가요제도 없다. 클로파르 길이 점점 더 어두워지고 생기가 없어진다. 재가열한 듯한 배수로 냄새, 그러나 모두가 세상이 바뀔 것이라고 말한다. 기겁한 선생님, 여자애들, 부모님은 그들이 동네를 가득 메운 병사들, 무모한 이들을 노래하는 것처럼, 프랑스 알제리를 구해야 한다고, 알제리는 우리의 것이라고, 우리가 멀리서 온 아프리카인이라고 말한다. 상황이 좋지 않다. 기다림은 지긋지긋하다… 그 사람, 그 늙은 아무개가 프랑스를 빨리 구하지 않는다면, 무언가를 볼 시간, 누군가와 오솔길에 돌아갈 시간, 까막까치밥나무 잎 겉부분처럼 남자애의 솜털이 난 피부를 느낄 시간은 있다. 빨강 머리, 그것은 멀고, 정보는 너무 모호하다. 그가 올까 오지 않을까… 그가 온다! 그가 알제리를, 모두를 구하러 올 것이다. 일요일의 지루함, 부모님, 증오는 다시 시작될 것이다. 손님들은 더 이상 설탕을 사지 않는다. 두려움의 시간은 지나갔고 수호성인 축제가 열릴 것이다. 행사는 끝났다. 외부로부터 그렇게 달라질 수 있을 것이라는 내 바보 같은 상상도 끝났다. 전쟁은 낡은 것이었고 혁명은 더했다. 5월은 오래 머물렀으며, 카페에는 다시 미지근한 술 냄새와 커피 끓는 냄새가 났다. 내가 틀렸다. 나는 다시 달려야 했고, 지난달의 축제는 다시 탄생해야 했다. 내년에 있을 바칼로레아는 될 대로 되라지...

그들이 언제까지나 내 뒤를 쫓아다닐 수는 없었다. 특히 바자회가 있는 일요일이면, 그들에게는 마당에 자전거를 세워 놓고 술 한잔을 하는 인근 시골에서 온 남자들과 바람을 쐬러 나온 요양원의 노인들이 있었다. 나는 오데트와 함께 나갔다. 날씨가 너무 더웠고, 사람들은 인도 끝에서 푸른 울타리를 이뤘다. 학교 여자애들이 행진한다. 멍청한 애들. 나는 태닝 효과를 내기 위해 치커리를 달인 물에 다리를 담근 후에 짧은 원피스를 입었다. 그는 까무잡잡한 피부에, 목걸이, 청바지를 입고 있었는데, 예술가 같았다. 빨강 머리보다는 덜 지루해 보였다. 책, 영화, 시, 보들레르와 베를렌느를 줄줄 읊는다. 정치는 더 잘 안다. 융통성이 있는 오데트는 사라졌다. 수렐[i], 게일라드, 망데스 프랑스[ii], 내가 라디오에서 들은 수많은 이름들이 나온다. «사람들 사이에 섞일까?» 그가 말한다. 이제 나는 공모자다. 그는 복권을 뽑고, 종이상자로 만든 서프라이즈 암소의 젖을 당기는 사람들과 일요일의 수트를 입은 남자들이 따라다니는, 함께 매달려서 춤추는 여자들 사이를 내 손을 잡고 함께 빠져나온다. 우리 둘이 재미있게 놀자. 그가 말한다. 우리는 자선 바자회 때문에 온 것처럼, 눅진눅진해진 케이크를 게걸스럽게 먹는 것을 좋아하는 것처럼 행동하고 잡동사니, 유행 지난 상품들을 선물로 받는다. 프롤레타리아들처럼, 멜빵바지 끈이 어깨까지 내려온 그들의 할망구들처럼 행동한다. 드니즈 르쉬르, 나는 이곳에 부모님과 함께 온 적이 있다. 작년에도, 그 이전에도. 그들은 스탠드 앞에서 핀을 당겼고, 복권을 펼치며 «사격하는 곳에 가까이 가지 마!»라고 소리쳤다. 그들은 간이 식당에 앉았고 맥주 상표를 그들의 것과 비교했다. 우리는 지켜봤다. 사람들을, 옷을 잘 차려입은 여자들을, 저기 누구다. 그들은 만족스럽게 집으로 돌아왔다. 오데트와도 온 적이 있었는데, 그때도 마

---

i 인류학자.

ii 펠릭스 게일라드, 피에르 망데스 프랑스 모두 정치인이다.

찬가지였다. 우리는 괜찮은 남자들의 뒤를 밟으며 시간을 보냈다. 너무 미련하지 않은 남자, 흔치 않은 남자, 그런 남자들은 이미 임자가 있었다. 그렇다, 나는 촌놈들, 섬유 공장 직원들, 하찮은 일에 일주일 치 봉급을 모두 날리는 놈들의 축제에 온 것이다. 그렇지만 나는 진짜로 이곳에 있는 것이 아니다. 우리는 그들보다 훨씬 더 우수하고 우리는 그 점에 도취한다. 우리는 너무 뜨거운 펩시콜라를 마신다. «토할 것 같아.» 그가 웃는다. 그는 미술학교 학생이다. 싸구려 잼을 바른 반짝이는 빵 조각 위로 벌이 달려든다. 복권 당첨자를 발표하는 확성기 목소리가 뱃속까지 울린다. 그리고 흐르는 땀이 따뜻한 치커리 색 피부 안에서 길을 튼다. 나는 그것을 몰래 손끝으로 닦으면서, 그가 말하는 것을 듣는다. 골 장군[i]은 이 상황에 적합한 사람이다. 강력한 정부. 배꼽 잡고 웃겠네, 저기 달리다처럼 노래하는 창녀를 봐. 그의 손이 나를 이끈다, 바짝 다가온다, 뻣뻣한 청바지가 내게 다가온다. 나는 꼼짝 못 한다. 피부 바깥에서부터 중심까지 진짜 얼어버리는 중이다. 그는 첫 번째 남자애보다 더 능숙하다. 멀리서 또 가까이에서 한 시간 동안 내 손을, 어깨를 잡는다. 에디트 피아프, 글로리아

---

i 샤를 드골, 프랑스의 전 총리.

라소, 광대를 흉내 낸 여자애들을 봤다. 노르망디 특산품 판매대 앞에서 마침내 우리는 키스를 하고, 나는 기다림에 짜릿하다. 새로운 레퍼토리, 더 이상의 냉소주의는 없다. 《만져 봐. 기분이 좋아져!》 새로운, 살결, 그가 막 깊숙이 들어오면 살결에서 우유 냄새가 난다. 그리고 사람들을 놀리는 그 방식은 내가 속한 세계에서 나를 해방시켜 그의 편에 있게 한다. 부모님의 집에서는 절대 장난을 치지 않는다. 그들은 모든 것을 진지하게 받아들이고, 쾌락을 위해 장난쳐서는 안 된다. 아이러니, 그들은 그런 것을 모르고, 어머니는 바로 화를 낸다. 그들은 입을 크게 벌리고 먹는 것, 불법체류자 장 바쉬에르, 구역질 나는 것들 혹은 아마나쉬 베르모의 농담만을 좋아한다. '미대생'[i], 나는 그를 그렇게 부른다. 그 단어 안에는 내가 좋아하고 싶은 모든 것이 있다. 그는 체리 씨를 공중에 뱉고, 모두를 싸구려 취급하며 소년처럼 군다. 그는 내 마음을 사로잡고 자신이 있는 울타리 반대쪽으로 나를 데려간다. 나는 더 이상 혼자가 아니다. 그는 나보다 사람들을 더 한심하게 여긴다. 그와 함께 있으면 나는 현명하고 자유로우며, 카페를 탈출하여 어제까지 나였던 창녀들을 빈정거리며 바라보게

---

i 원문에서는 BEAUX-ART 라는 미술, 조형예술이라는 뜻의 단어를 사용했다.

된다.

　방학이 왔다. 아름다운 여름이다. 혁명은 일어나지 않겠지만, 어쩔 수 없다. 나는 화장실과 닭장 옆에서 피부를 태운다. 오줌을 싸러 나온 손님들이 멈춰 서서 망설이며 묻는다. «피부를 태우는 거니?» 그들이 지나가도록 으르렁댄다. 그들은 나와 친해지려고 하지 않는다. 부모님도 그럴 생각이 없다. 가끔 공부에 싫증이 나면 술주정뱅이들과 대화를 나누는 것이 즐겁다. 나는 다시 그들처럼 되고 있다. 나는 열일곱 살이고, 그들은 모두 조금씩 색마(色魔)다. 가게에서 물건을 파는 일은 있을 수 없다. 떠나는 것도 마찬가지다. 영국에 가서 야영한다고? 너 미친 거 아니니? 무슨 일이 생길지 어떻게 알고! 늘 그렇듯이 두려움이다. 나를 머리는 공부로, 몸은 그들의 감시 아래 두는 것, 그것이 그들의 꿈이다! 몹시 어려운 일이지만 그들은 최선을 다했다. 누구도 그들을 비난할 수 없다. 선생님이 교장 선생님께 슬쩍 말했던 것처럼 그들의 환경을 고려하면, 그들은 이상적인 부모다.

　이 여름은 아무것도 할 게 없다. 책에 취하거나 목에 쥐가 나거나 호박색 태닝 기름을 바르는 일이 전부다. 그리고 달리기. 나는 «진정한» 문학을 발견한다. 선

생님들의 문학, 친구들 중 가장 앞서가는 애들이 읽는
문학, 미대생이 내게 건네는 문학. 사강, 카뮈, 말로, 사
르트르... 사고(思考)가, 문장이 나를 뜨겁게 달군다. 고
개를 들고 부유한다. 나는 강하고, 영리하다. 나는 여기,
부모님 집의 호텔에서 살고 있다. 클로파르 거리 전체
에서 이런 책을 좋아하는 사람은 나 혼자뿐이다. 인생
은 그들이 말하는 것처럼 달콤하고 가벼우며, 슬프다.
내일 미대생이 나를 기다린다. 『구토』에서 '아니'가 말
한 것처럼 나는 완벽한 순간만을 좋아한다. 뒤섞인다,
나는 목소리를 잃은 새들이 점령한 나무다. 자리에서
일어나면 카페의 시커먼 벽에 붉은 줄로 된 금이 생긴
다. 나는 싸구려 포도주와 열기로 반짝이는, 러닝셔츠
와 작업복을 입은 몇몇 주정뱅이들 앞을 지나간다. 타
인. 끝없는 우월감. 이 책들은 확실한 신호다. 사르트르,
카프카, 미셸 드 생피에르, 시몬 드 보부아르, 나, 드니즈
르쉬르, 나는 그들 편에 있는 사람이다. 그들의 모든 생
각을 내 안에 담았고 그 풍부함 속에 파묻힌다. 비밀 노
트에는 책의 구절을 적는다. 내가 그 작가들처럼 생각
한다는 것을, 그들처럼 느끼고 본다는 것을 깨달음과
동시에 부모님의 말이 외상으로 물건을 파는 상인들의
훈계이자 너무 오래되어 딱지가 앉아 버린 헛소리라는

사실을 보게 된다.

이제 모든 것이 말랐다. 모든 물기가 빠진 문학, 삼키기에는 길고 지루한 페기(Peguy)의 대중의 사랑에 관한 이야기들… 그러나 2학년과 1학년 사이, 그 여름은 구역질 나는 다른 여름들과 달랐다. 나는 해변이나 카지노에서 춤을 추는 다른 여자애들처럼 다른 곳에서 보냈을 수도 있었다. 가끔 죽도록 가고 싶었지만, 그래도 자유와 쾌락은 기가 막혔다. 1미터 앞에서 똥 싸는 닭과 드골 장군 허리에 구역질하는 남자들과 함께 카뮈에 대해 알아가는 것은 대단한 일이다. 그 외의 것들은 진실이 아니라 우연히 이뤄진 타협일 뿐이며, 내게는 아무런 책임이 없다. 그들은 촌놈들이고 고함을 지르며, 나는 손을 씻는다. 진실은 책 속의 흰색 바탕에 검은색으로 쓰여 있으며, 그것은 내게 적절했다. 나는 거만했고 책 한 장을 이해하며 읽지 못하는 사람들이 불쌍했다. 마음이 사로잡힐 수밖에 없었다. 나는 어머니가 카페오레로 더럽힌 『즐거운 저녁들』과 카프카의 『성』사이에 하나의 세계가 있다는 사실을 또 깨닫는다. 내가 자라온 세계와 계속해서 거리를 둔다… 선반에 중간 크기 완두콩 통조림들, 태양이 '끽' 소리를 내는 그 녹색 깍지들을 쓰다듬는다. 어머니는 대충 행주로 의자를 닦고, 늙은 마르탕은 몸이 너무 떨리는 나머지 페르노주가 든 유리잔을 놓치고 만다. 그들은 달라지지 않는다. 하나의 세계다. 나는 그 방학에 마리화나를 발견한다. 벗어날 수 있는 가장 교활한 방법, 사람들이 모르는 것을 알고, 고개를 숙이고 공부를 판다. 문학, 특히 문학을 다른 모든 이들 위에서 떠다니기 위해, 그들을 무시하기 위해 공부한다. 진정한 우월 의식이며 쾌락을 위한 것이기도 하다. 나는 그 미대생을 일주일에 두 번, 장소에 개의치 않고 만나면서, 머리는 독서로 줄이 그어지고 햇빛을 받은 허벅지는 벌겋게 익는다. 어머니의 의심을 깨우지 않기 위해 항상 오데트와 산책 혹은 예배를 알리바이로 이용한다. 최상의 경우에 한 시간이고 그중 사분의 삼은 잡담이지만, 그는 나를 웃게 만든다. 그와 나를 제외한 모두가 바보이며 멍청이다. 카뮈와 시몬 드 보부아르의 문장을 입에 담으니, 당연히 설득될 수밖에 없다. 나는 그를 『이방인』으로, 『벽』으로, 『안티고네』로 덮고, 그와 같은 수준이 되기 위해 과시한다. 그는 그림에 대해 잘 안다. 그의 아버지는 이곳에서 이십 킬로미터 떨어진 곳에서 치과를 하신다. 나는 해내고 만다. 그가 내게 «너희 부모님은 오리 새끼를 낳은 느낌이시겠다!»라고 말한다. 그도 그 부분을 걱정하고 있다. 그런 식의 식료품 가게 딸은 자연스럽지 못하니까. 나는 그를 원망한다. 나쁜 놈, 왜 나는 안돼? 어쨌든 행복하다. 햇빛에 화상을 입은 부위가 고랑을 파듯 아래로 내려가 후크를 푸는 그의 손에 따가운 통증을 느끼지만, 나는 철학자들처럼 그 안에서 쾌락의 의미를 찾는다.

오랫동안 기다려온 영광의 날들이 온다, 여기 있다. 카페 겸 식료품점이 무너진다. 클로파르 길 끝에 있는 불쌍하고 낡은 거시기, 기껏해야 2년 더 몸을 숨길 만한 곳. 카페는 녹색과 오렌지색으로 칠을 했고, 계산대는 붉은색 포마이카로 덮었다. 우습다. 그들은 늙는다. 주정뱅이들이 줄었다. 그들은 지쳤다. 안녕하세요, 감사합니다, 안녕히 가세요. 나는 벗어났다. 아무것도 남지 않았다. 가끔 동정심을 느낄 뿐. 그들은 나를 이겼다고, 내가 얌전하고 착하며, 말수가 적고, 잘 웃지 않는다고 생각하고, 나는 마음속 깊이 그들을 무시한다... 나는 그들로부터 멀리 떨어져 있다. 나는 자유롭다. 옷장의 거울 앞에서 나는 내가 «릴랙스»하며 «여유롭다»고 생각한다. 꿈, 반듯한 포니테일, 퍼진 치마, 활기찬 플랫 슈즈. 곳곳에서 나를 위한 축제가 온다. 나는 까불던 아이, 남들을 부러워하던 나 자신에게서 벗어난다. 두려움 없이 입을 연다. 집에서 쓰던 말들, 신분 계층을 나타내던 억양, «잠바때기 입었냐?» 여자애들을 웃게 만드는, 그 애들의 집에서는 하녀들만 쓴다는 «메추리 같은 양말», «젖은 빵» 같은, 부모님의 우스운 시골 말투는 더 이상 나오지 않는다. 더 나아졌다. 나는 중고등학생들의 은어, 곧 대학생이 되는 우리들 사이의 암호를 삼켰다. 그리고 이제는 더 이상 과거로 돌아갈 수 없다는 것을 느끼며, 문학과 영어, 라틴어에 흠뻑 빠져 앞으로 나아간다. 그리고 부모님은 그들의 작은 가게를 똑같이 맴돌고 있다. 그들은 만족한다. 후회는 필요 없다. 나를 위해 모든 것을 다했으니까. 그들은 문화가 무엇인지 모른다. 바칼로레아 주제는 «모든 것을 다 잊은 후에도 남아 있는 것»이지만, 그들은 한 번도 무엇인가 배운 적이 없다... 나는 멀어진다. 낭만주의와 백과사전 집필자, 영혼의 불멸에 관해 작문한다. 그는 일기장에서 잘못을 적어 놓은 페이지를 펼친다. 그도 나처럼 사고를 좋아한다. 그 페이지는 소설 같다. 나는 바칼로레아를 통과할 것이다. 나는 시험에 통과했고, 이제 2학년에 올라가서 '예비 과정'을 밟게 된다... 그들은 어쩔 줄을 몰라 한다. 그 말이 내가 지어낸 단어라고 해도 알아차리지 못했을 것이다. 그들은 그 단어를 발음하지 못하고, 어머니는 내가 그것을 적을 수 있게 장부의 한쪽을 내민다. 어머니가 의사나 회계사, 산책하는 부시장, 죽어가는 사람들에게 «종부성사를 하는 신부에게» 그 단어를 말할 때 (단골들에게 말하는 것은 아니다, 그들에게는 그저 «대학»이라고 마지막 글자를 서툴게 말한다) 더 잘 떠올릴 수 있을 것이다. 그들은 나를 보고 축하를 건네면서도 믿을 수 없어 한다. 내가 해냈다는 게 놀랍죠? 예사로운 일은 아니잖아요? 그들은 내게 어머니에게 하는 것과 다른 말투로 말한다. «옷을 홀딱 벗는 것의 아름다움은…», 그들은 라신에 관한 농담을 하고, «certes quis, venus(분명히 비너스는)…» 라틴어로 된 농담을 열 번쯤 말한다. 어머니에게서 빛이 난다. 어머니는 사람들이 나를 중요한 사람으로 여기는 것을 잘 보고 있다. 그들에게 나는 공증인이나 의사와 마찬가지이다. 내가 그들처럼 공부를 했으니까. 나는 승리했다. 이제 그들이 내가 파티에 가는 것을 막고 소리 질러도 그것은 시시할 뿐이며, 공격성이 없는 다리 짧은 개가 짖는 소리일 것이다. 나는 내 우월함을 이용하기로 작정했다… 그럴 필요도 없다. 그들은 사람들이 내게 주목하는 것을 보고 이미 내게 모든 것을 해줄 준비가 됐으니까. «돈이 필요하니? 새 음반이 갖고 싶어?» 슬프기까지 하다... 나는 이런 배려를 받을 자격이 없는데. 게다가 이 모든 것이 커프스단추가 달린 예복을 입고 그들을 현혹하는 라신과, 접속법과 함께 쓰는 'ut'(를 위하여) 때문이라니.

바칼로레아는 그들을 완전히 무너뜨렸다. 그들은 안도의 숨을 내쉰다. 내가 잘못될 일이 점점 더 줄어들고 있으니까. 그들은 눈썰미가 있다. 그리고 뭐, 원하는 걸 배우면 되지. 드니즈는 잘 배워. 돌머리가 아니라니까. 바보들. 나는 결과가 나오는 저녁에 모차르트의 〈밤의 작은 음악〉을 듣는다. 아래층에서 아무개의 어머니가 좋지도 싫지도 않은 표정으로 고개를 든다. 사람들이 나를 나쁘게 보기 시작하고, 방은 아름다운 미래를 향해 나아간다. 변호사, 교수자격자, 그런 것은 중요하지 않다. 구체적인 직업에는 관심 없다. 누군가가 되고 싶고, 계속 더 멀리 가고 싶을 뿐이다...

음악의 솔직함, 끝없는 도피, 내 미래가 펼쳐진다, 나는 행복에 겨워 죽는다. 그런데 그것이 멈춘다면, 그럼에도 불구하고 내가 계속 가난 속에 국수 다발이나 먹으며 머물러 있다면... 앞으로 다가올 시험에서 실패한다면... 그들이 저기, 밑에 있다. 빈 병을, 동전 몇 푼을, 아이들이 보라색 잉크로 긁어 놓은 더러운 지폐를 열망하는, 불운을 몰고 오는 사람들. 클로파르 길에는 나와 이름이 똑같은 내 또래의 여자애가 있다. 르쉬르, 그녀는 다리를 절뚝거리며, 글 읽는 것을 배우는 데 성공한 적이 한 번도 없다. 이제 그녀는 자신의 부모처럼 술을 마시기 시작한다. 만약 나 역시, 언젠가는… 이름이란. 내일, 내일모레, 바칼로레아를 통과하고, 하루 그리고 이틀, 한 달이 지나도 아무 일도 없었던 것처럼 그럴 것이다. 모든 것을 다시 해야 할 것이다. 내가 아무리 학위를 쌓아 놓아도 절대 숨기고 싶은 것, 내 가족의 추함, 주정뱅이들의 바보 같은 웃음, 내가 얼마나 천박한 말투와 몸짓으로 채워진 멍청한 년이었는지를 감출 만큼 충분하지는 않을 것이다. 나는 5년 전, 6년 전 르쉬르 딸의 모습을 문화나 시험으로 억누르지는 못할 것이며, 늘 그 위에 침을 뱉을 것이다! 자신을 위에서 내려다보는 것, 나 역시 선생님과 어머니의 말에 근본적으로는 동의한다. 간격을 더 벌려야 한다. 카페 겸 식료품점을, 촌년으로 살았던 어린 시절을, 풀리지 않는 곱슬머리를 가진 친구들을 완전히 떨쳐 버려야 한다… 대학에 들어가는 것, 토요일에 기차에서 내리는 분주하고 쌀쌀맞은 여자애들처럼 대학생이 되는 것. 그 여자애들은 의학, 법학을 공부하고, 소송대리인, 페인트 회사의 딸이다… 음반이 멈췄다, 그들이 아래층에서 저녁을 먹기 위해 나를 기다린다. 나는 이제 곧 그들을 두고 떠날 것이다.

그렇지만 바칼로레아까지 멋진 시간이었다. 성공과 축제, 사람을 고르는 것… 입김, 세모꼴의 통증, 침과 피부, 내 축제는 남자의 몸이다. 아무나 만나는 것은 아니다. 중학생, 고등학교 2학년 혹은 철학과 학생, 그 아래로는 추락이고 말고, 아가씨. 아무리 냄새를 맡으려고 해도 실패는 있다. 세일즈맨, 크레디리요네 은행 직원, 결혼하고 싶어 하는 남자들. 나는 나이트클럽의 여자애들처럼 그것을 가벼운 연애라고 부른다. 2년 동안 열 명 정도를 만났다. 미대생은 여름을 넘기지 않고 말했다. «너는 왜 섹스를 안 해? 그게 더 건강한 거야!» 나는 여전히 우리가 어디까지 갈 수 있는지, 다른 여자애들은 그것을 받아들이는지 알지 못했다… 그가 베를렌과 랭보에 대해서 아는 것은 시 몇 편 정도가 전부였다. 다른 여자애들도 오래 버티지 않았다. 바칼로레아 이후로, 어머니는 이제 농부들, 상인들의 무도회 같은 댄스파티를 허락한다. 센트럴 바에서의 만남, 8일 혹은 두 달 동안의 산책, 겨울에는 풀오버를 올리는 데 더 오래 걸린다. Y[i]에서… 부모님 집에서는 절대 끝까지 가는 것을 원치 않았다. 나는 어머니의 습관적인 호기심을 피해, 그들의 나이와 주소, 그들의 부모의 직업과 우리가 무엇을 했는지를 수첩에 엉이로 직었다. 어머니는 내 방에 있는 요강까지 뒤지는 사람이니까. 남아 있는 두려움, 거기에는 부모님이, 그들의 매춘부와 창녀 이야기가, 〈포부르의 제비〉 같은 현실적인 노래들이,『컨피던스』의 체험 수기 같은 것들이 있었다. 내가 클로파르길이나 지하실에서 끈적끈적한 찬장과 10년째 쓰지 않는 술통과 함께 섹스를 할 수도 있었다는 상상을 하면 끔찍하다. 그들로부터 먼 곳, 바다 끝에서, 물속에서, 모래 위에서… 도미니크, 장폴, 혹은 갈색 머리, 제임스 딘 같은, 이름 없는 남자와 그런 일이 일어나기도 한다. 나는 잔뜩 꾸민 촌놈이 아님을 보여주는 유머로, 영혼의 말로 그들을 평가한다. 구역질이 난다, 찰스들[ii]이 기다린다, 진드기떼 그리고 마스터베이션. 내게는 공범이 필요하다. «너는 문과이니까 사범학교 시험 준비반에 가겠지?» 이런 말을 하는 사람은 아군이다. 나는 굴레를 벗고 파리에 나를 맡길 수 있다. 입술과 자신감 넘치

---

i 노르망디의 소도시, 이브토.

ii 영국의 찰스 왕자들.

는 가슴, 〈작은 꽃〉의 리듬에 따라 흔들거리는, 주름 퍼진 성기. «애만 달게 하고!» 이제 병약한 그들은 내 치마 위에서 꿈틀거린다. 3년 전에는 나를 알지도 못했던 남자들. 내 복수다. 뒤섞인 쾌락과 순수함, 나는 누구의 것도 아니다. 그러나 나는 그들에게서 태도, 단어, 취향을 가져간다. 도미닉에게서는 요가와 듀크 엘링턴을, 장폴에게서는 애니메이션을, 어떤 때는 아무것도 없을 때도 있다. 나는 시간이 없다. 빨강 머리부터 마지막 두 번째 남자까지 나는 즐겼고, 그들의 숨결, 좋은 가정 교육, 타인의 가족 안에서 허우적거렸다. 그러나 거기에도 내가 어린 시절에 저지른 죽을죄를, 입과 손가락, 고추를 떠는 별 볼 일 없는 늙은이들의 잡거 생활을, 작업복을 입은 이들을, '니니즈 가까이 와 봐'라고 말하는, 손이 더러운 페인트공들을 지워 줄 만큼 충분한 남자는 없었다. 쾌락, 그것은 내가 정복한 것이다. 부모님은 아무 잘못이 없다. 부와 풍족함의 시간, 바칼로레아, 가벼운 연애, 열여덟. 성공적이었다. 사립 학교의 수많은 멍청한 계집애들이 중간에 포기하거나, 바칼로레아에 실패하고 유급했다. 크리스티안느도 공부를 그만뒀다. 게다가 나는 내가 원했던 세계의 남자애들과 춤을 추고 데이트를 하고 있지 않은가…

내 옆에서 교수님이 칸트와 헤겔과 생 미셸 학교 마지막 학년에 관해 이야기하는 것을 듣는, 의사나 기술자의 딸들은 이해할 수 없는 것이다. 한 끗 차이로, 서둘러 내린 결정으로 내가 그곳에 없을 수도 있었다. «너는 새장이나 돌보러 가!», 그랬다면 공부는 끝이다! 나는 살아남았다. 그러나 조심해야 한다. 출신이 다르다. 지금 그들은 빈 술병을 담는 상자를 나르면서 싸운다. 너희들은 이런 것을 절대 알 수 없겠지. 모든 면에서 내가 더 우수하다, 쾌락을 느끼는 것조차도 두렵지 않다. 계속 처녀로 남기만 한다면… 나는 흥분한다, 나는 자신에게 말한다. 나는 생각으로 철학 반을 점령한다… 오래된 증오가 달아난다. 그것은 아버지가 사람들이 점점 시내로 장을 보러 가서 더는 못 해 먹겠다고 앓는 소리를 낼 때, 부모님의 얼굴이 피곤해 보일 때, 한 달에 한 시간씩만 찾아온다. 내가 증오하는 것은 나 자신이다. 나는 그들을 밟고 올라섰고, 그들은 계산대에서 힘들게 일하고 있으며, 나는 그들을 무시한다… 이게 다 무슨 소용일까, 나는 친구도 없다. 누구에게도 애정이 없다… 찌그러진 치즈를 덮는, 10년 된 낡은 뚜껑 위를 파리가 빙빙 돈다. 어쩌면 그들이 예쁜 식료품점을 사지 못하게 막고 있는 것은 나인지도 모르겠다. 그들은 클로파르 길에서 썩어간다. 나는 그들을 위해 아무것도 할 수 없다. 만약 그들이 좋아한다면, 나는 인문대에 갈 것이다.

그것은 거의 비현실적이었다. 벽 위로 햇빛이 남긴 연한, 금색의 흔적들, 축 늘어진 10월 한 달. 나는 보폭을 넓혀 상인들이 인도에 뿌린 비누 거품 물을 건넌다. 대학 강의 시간에는 똑똑한 남자애들과 여자애들이 우글거렸다. 끈적거리고 보기 흉한 모든 것은 사라졌고, 거기에는 오직 행복만이 있었다. 내게 너무 어려울지도 모른다는 조금의 두려움이 있긴 했지만, 별것 아니었다. 대학생이 됐고 나는 관계를 끊었다. 그러나 그들은 알지 못한다. 매달 그들을 보러 갈 테니까. 먼저 장학금이 나왔고 대학 기숙사에 방을 얻었다. 책과 니트를 살 수 있는 정도의 적은 돈, 더도 덜도 말고 현금통에 있는 동전이면 된다. 그리고 비스킷과 네스카페, 먹기에 덜 곤욕스러운 것들을 쓸어 담는다. 가을색 재킷을 입은 남자애들, 모자 달린 재킷을 입은 애들, 스카우트 스타일 혹은 모범생 스타일, 그러나 관심 없다. 그들은 모두 나처럼 이미 선별된 학생들이다. 크림 같은 애들, 사귀기에 모두 괜찮을 것이다… 강당, 영화에서 본 적이 있다. 중간, 가장자리에 앉으니 교수님의 옆모습이 보인다. 흘러내리는 올림머리, 목덜미, 남자아이들의 목, 반

듯한 목, 우묵하게 들어간 목, 기울어진 목, 무엇을 고를까, 어떤 것을 비밀스럽게 애무해줄까, 그가 돌아볼 때까지 뜨거운 시선을 보낸다... 큰 창으로 다른 회색 벽과 아주 조금의 하늘이 보인다. 오래된 꿈, 초등학교 수업 시간의 꿈, 그것이 이루어졌다. 그러니까 문이 단단히 닫혀 있는 학교, 오직 학교만으로도. 부모님 집에서는 더는 먹지도 자지도 않는다. 식당, 기숙사, 그리고 그들이 거기 있다. 볼펜이 닿을 만큼 가까운 거리에 바보 같고 다정한 남자 형제들이 있다. 나는 한 명을 찾아낼 것이다. 나는 나 자신을 문화 속에, 거대한 상상의 교실 안에 가두는 데 성공했으며, 그곳은 카페로부터, 구석진 곳의 더러움으로부터 멀리 떨어져 있었다. 믿을 수 없었다. 드니즈 르쉬르, 시큼한 사과, 오래된 명찰이 저절로 떨어진다. 이곳에서는 아무도 나를 모른다. 아무도 내 부모 이야기를 꺼내지 않는다. 드니즈 르쉬르, 대학생. 나는 그 단어 안에서 늘 여기에 머물러 있어야만 했던 것처럼 자리 잡는다. 너는 전공이 뭐야? 일반 수학, 예비 과정, 치대. 대학생인 티가 나는 수많은 얼굴들이 나와 같은 환경 속에서 산다. 대강당, 식당, 카페테리아. 그 환경 안에 또 다른 작은 환경이 존재한다. 숨 막히게 조용한 책으로 된 교회, 도서관, 나의 커다란 행복. 흡연

금지, 장엄한 옛것에서 나는 냄새, 모든 출입구는 등록하지 않은 이들, 촌사람들, 바보들, 실패한 자들에게 엄격히 금지돼 있으며, 일요일만 제외하고 아침부터 저녁까지 열려 있다. 나는 돌계단을 올라 색이 바랜 카펫을 밟는다. 이곳은 잠자는 숲속의 공주의 성이며, 모두 탁자의 램프 뒤에서 자는 척을 한다. 앞으로 가기만 하면 하나씩 눈을 뜬다. 일련의 눈동자들, 수영하는 장난감처럼 눈만 움직인다. 내가 앉을 차례다. 나는 태양으로부터 복잡한 거리로부터 열을 맞춰 세워 놓은 책과 테이블, 램프 사이로 딱딱하고 어두운 자리를 향해 급히 달려온 도착자들을 바라본다. 명상에 잠긴 이들, 내성적인 이들, 진지한 이들. 나는 미친 상상을 한다. 길모퉁이의 거지가 1리터 와인병을 흔들며 가운데 통로에 있다면, 아버지 어머니가 나를 찾으러 온다면, 또 어디를 갔었던 게냐, 더러운 년… 이따금씩 늙은이들이 자리를 잡는다. 그러나 제대로 보살핌을 받은, 빛나는, 박식한 늙은이들이다. 머리카락이 깨끗하고, 안경을 쓰고, 작은 가방을 들고 있다. 가방은 금세 떨어질 것처럼 끈하나로 버텨낸다. 놀랍다. 그리고 강의 노트와 책을 앞에 두고 있는, 옷을 잘 입은 남자애들… 세 페이지, 네 페이지를 슬쩍 본다. 38페이지, 나는 그것을 볼 것이다. 볼

테르 위에, 라마르틴 위에 휘갈겨 쓴 메모, 알리바이. 저 남자 혹은 다른 남자. 종이가 바스락거리고, 의자가 바닥에 끌린다. 램프의 버튼을 누른다. 조심스러운 소리에 섹스하고 싶은 커다란 욕망이 수그러든다. 가장 아름다운 것은 지적인 문장으로 울리는 머리를 느끼는 것이다.『존재와 무』키르케고르 그리고 책에 빠져 있는, 거만한 범생이들, 법대, 철학과 남자애들 앞에서 혼란스러운 욕망에 눈을 뜨는 몸.

도서관에서만 있을 수 있는 일이다.

식당에서는 그릇 부딪치는 소리, 국자에 넘치는 야채와 아버지 카페의 테이블처럼 광택이 있는 접시 사이에서 남자애들이 서투른 식충이처럼 보인다. 너무 많다. 이름을 부르는 소리와 더러운 농담 속에서 길을 잃어버린 욕망을 가진 나는 무슨 존재인가? 카페테리아에서도 나을 것이 없다. 흑인들이 너무 많다. 어쩌면 그들을 원하고 있는지도 모르겠으나, 어떻게 눈에 띄는 것을, 어느 때보다 내가 더 특이하다고 느끼게 되는 것을 받아들일 수 있겠는가…

또 다른 구별법을 배운다. 이과와 문과 남자애들. 화학과 범생이들은 옷을 못 입고 대화가 없고 거의 촌놈들이나 다름없다. 어쩌면 그들과 내가 닮았을까? 도서관에서 법대 문과대 학생들은 비슷하다. 거기서 나는 그들을 차분히 관찰할 수 있다. 그들이 수업 내용을 펼치는 것을, 달로즈[i]를 찾아 돌아다니는 것을 보며 그들이 나에 대해 생각하고 있다고, 그들이 내 앞에 앉은 것은 우연이 아니라고 믿는다. 자주 하는 착각이다. 두세 명이 자리를 바꾼 것을 보니 나 혼자 착각한 것이다. 이번에는 거드름을 피우는 남자애다. 금발 머리에 말라깽이고 머리끝에서 발끝까지, 사타구니까지도 확신한다. 밖으로 비틀어진 그 아랫입술, 무시, 우월감이다. 명품을 뒤집어쓰고 허세를 부리는 왜소한 남자. 나는 어느 날 그가 나를 간파했다고 생각했다. 미래가 예정된 그 건방진 남자애 옆에서 나는 가짜 학생일 뿐이었다. «선천적인 권리다.» 노란 책 위로 눈꺼풀을 단단히 내리깐다. 그는 나를 무시했다. 매우 가느다란 손… 나는 그가 너무 부르주아처럼 지나치게 꾸몄다고 생각한다. 그가 옆에 있는 친구들에게 빈정거리며 편하게 이야기하는 것을 듣는다. 말… 그는 부모님 가게에 술을 마시러 오는 한심한 남자들을 닮았다. 예쁜 분홍색 광대뼈에 목재 가루를 뒤집어쓴 소목장이, 말기 결핵 환자. 왜 비슷한 얼굴에 다른 말투와 몸짓을 가졌을까… 어느

---

i 법률 서적을 주로 만드는 출판사.

토요일, 내 앞에 그의 빗지 않은 곱슬머리가, 그의 윗입술이 있었다. 조수가 실수로 내가 요구했던 알랭의『이론』을 그에게 가져다준 것이다. 아니, 내가 일부러 책상 번호를 틀리게 기재했다. 그는 내게 책을 건네줘야 했다. «알랭, 인정할 수 있는 유일한 철학자지!» 그는 마치 모든 철학자를 안다는 듯, 모든 철학에 무관심하다는 듯 말했다. 평가하고 단언하는 그 태도... 이유는 알 수 없지만, 웃기지도 않은 그 짧은 문장에 끌려 끝까지 갔다. 낙태 기구를 집어넣을 때까지. 열등감, 어쩌면 내가 열등하다는 생각 때문이었을까. 그 증거로 그와 함께 역의 카페로 한잔하러 갔던 것이 너무 좋았다. 괜찮은 클럽에서 춤을 췄다. 고급스러운 풋내기, 검은 우산, 가죽 책가방과 낡은 타피스리 천으로 된 넥타이. 수다, 수다, 나는 절대 빠져나갈 수 없었다. 법대 3학년, 법은 모든 것에 이른다. 세상을 향한 현실적인 시선이며, 그 외의 것들은 쓰레기다. 그의 말에 나는 초라해졌다. 그는 영리하고 분명했다. 정치를 바탕으로 편하게 자신의 입장을 밝히면서 돈과 법에 대한 지론을 갖고 있다. 그리고 나는, 나는 영리하지 못하다. 문화의 출세 제일주의자, 나는 문학만을 좋아한다. «너는 현실에서 도망치고 있어!» 벗어나고 싶어 하고, 성적, 시험, 평점을 쫓는 카페 주인의 딸일 뿐이다. 무슨 바보 같은 짓인가. 맞은편 의자에 올린 쭉 뻗은 두 다리. 그가 나를 분석한다. 나는 조금 취했고 말을 많이 한다. 그가 나를 사로잡는다. 무언가 엄청난 것이다. 그와 같은 유의 사람이 있다는 것을 처음 알게 됐다. 세상에 겁을 먹지 않고 살며, 여유롭고 무한한 자유를 가진 사람들이 어쩌면 많을지도 모른다. 그는 그가 원하는 대로 할 것이다. 미국에 가고 국립행정학교에 들어갈 것이다. 물속의 물고기. 나는 수치심과 올라가고 싶은 욕망으로 가득한 그저 가난한 여자애일 뿐이고, 이 모든 것은 에너지 낭비다. «너는 진짜 문제를 보지 못하네»라고 그가 말한다. 꼼짝할 수 없게 됐다. 내 상황과 그. 나는 절대 빠져나가지 못할 것이다. 바로 그것, 그 테이블 구석에서 일어나는 파괴가 나를 그에게 집착하게 만든다. 나는 잠자코 속아 넘어간다. 그의 부모님이 너무 똑똑하고, 그 사실을 불편해한다. 그들은 다른 사람들의 수준에 맞추기 위해 노력한다… 내 어머니는 특이한 뮤지션이야, 등등. 내가 무엇으로 반박하겠는가, 내게 불쾌감을 주는 이야기들, 그는 상상도 할 수 없는 삶의 방식, 그만하면 충분하다. 나는 그에게 이렇게 말했다. «나는 서민 가정 출신이야.» 그는 많은 것들을 좋아하고 수많은 쾌락을 즐긴다. 옛날 음악, 애니메이션 영화, 윈드서핑, 현대적인 연극. 풍부함, 모두 배워야 할 것들이다… 나는, 나는 아마도 문학만을 좋아하는 것 같다. 그조차도 내 상황에서는 수상쩍디. 남자, 어쩌면 남자만 좋아하는 것인지도. 나는 나 자신에게 중오만을 먹였다. 모든 것을 등지고 버렸다. 내 문화는 싸구려다. 나는 이제 한 곳에 모인 내 불운 속에 코를 처박기만 하면 된다. 문학, 그것조차도 빈곤을 나타내는 하나의 증상이다. 자신이 속한 세계에서 벗어나기 위한 고전적인 방법. 머리끝에서부터 발끝까지 가짜다. 내 진짜 본성은 어디에 있는가? 그가 꼭 내 이야기를 한 것은 아니다. 그는 일반적인 것을 말한 것인데 나는 자신의 무가치함을, 하찮음을 느낀다. 법대 3년, 대단한 집안, 늘 잘 살고, 교양 있는 가정은 대단하다. 그의 아버지는 파산했다. 그래도 절대 그렇게 될 수 없는 사람들에 비교하면, 그것 역시 시크하다. 말로 속을 파낸다. 가장 끔찍한 것은 두 시간이 지난 후, 이따금씩 분위기에 어울리는 춤을 추면서, 그 앞에서 내가 둔하고 미숙했으며 녹초가 됐다는 사실이다. 마크, 나는 그의 모든 것에, 그의 욕설에도 감탄한다. 그는 온종일 부모님께 그런 말을 들으며 살아본 적이 없기 때문에 좋아하는 것이다. 여리고 안쓰러운 행복한 숙

맥. 나는 취했고, 어떻게 마무리가 될지 알고 있었다. 너무도 우월한 그 앞에서 나는 버티지 못할 것이다. 마치 그가 이미 내 안에서 퍼드덕거리는 것 같았다. 모든 게 사라져야 한다. 조금 두렵다. 피가 날 것이다. 푸른빛이 도는 약간의 피가 흐를 것이다. 아버지가 술통을 씻으면서 커다란 솔 끝으로 크고 흐물흐물한 껍질을 꺼내는 것처럼 나를 완전히 닦아서 앞으로 나아가는 데 방해되는 것들을 떼어내야 한다. 결국 짓이겨야 한다. 그렇지만 불행하다. 그는 누구인가, 그는 누구인가… 물컹하고, 무한히 물렁물렁하고 매끄러운. 피가 나오지 않는다. 아주 옅은 뜨거운 느낌, 안으로 파고드는 급격하고 불규칙한 움직임, 이 사이클, 어린아이의 훌라후프, 둥근 쾌락, 가장 안쪽에서… 처음으로 통과한다. 차 좌석 사이에서 이러지도 저러지도 못한다. 훌라후프가 구르다가 넓어진다. 너무 긴장했고, 너무 건조하다. 결국 젖었다. 해방감에 소리를 지른다. 천천히 잠긴다. 터졌다, 피, 물.

마찬가지일 것이다. 나는 그 둘 사이에서 헷갈리는 나를 막지 못할 것이다. 2마력 차 안이었다. 어쩌면 여기, 기숙사일지도 모른다. 늙은 여자는 내게 첫 관계 때 피를 많이 흘렸느냐고 물었다. 마찬가지로 다리를 벌린다. 물, 젤라틴 같은 조각으로 결론지어질 것이다. 침, 땀, 8개월간의 섹스, 위아래로 토해내야 하는 모든 것을 다시 뱉어낸다. 나는 절대 다시는 그와 섹스하고 싶은 욕망을 갖지 못할 것이다. 나는 끝까지, 가랑이 사이가 금색 털로 가득 찰 때까지 갔었다. 정액으로 씻겨 사방에서 분수처럼 흘러내리는 성기는 영원히 역겨울 것이다. 8개월.

일주일 동안 나는 그것이 내 안에 계속 남아 있을 수 있을지 줄곧 생각했다. 그저 쾌락만이 아니다. 나는 메트로폴에서 크림 커피를 앞에 두고 그를 기다린다. 나는 자신을 프랑수아즈 사강 소설의 여주인공으로 여긴다. 대학생, 애인, 그는 법학도다. 기 베아르의 노래, 〈어제였어요, 오늘 아침이었죠.〉 거기에는 색깔이 있다. 의자, 카페의 웨이터, 세 줄로 놓인 마티니, 쉬즈, 다양한 종류의 아페리티프, 그것은 아무 의미 없는 순수한 장식이다. 지나치게 자리를 차지한 나무들, 유리창, 행인. 더 이상 이런 것들은 내 가족의 싸구려 가게를 떠올리게 하지 않으며, 내게 모욕을 주지도 않는다. 커다란 창문이 있는 거대한 회색 외관, 차분한 커튼, 그토록 동경했던 부르주아 주택에도 관심이 없어졌다. 오히려 그 반대의 것을 찾는다. 바로 그것, 자유로움, 어디든 편안

하게 돌아다니며, 세상에 무관심한 것, 아무도 부러워
하지 않는 것… 나는 그를 닮고 싶다. 그는 내가 갖지 못
한 모든 것을 갖고 있다. 여유로움, 허세, 중요한 것들로
채워진 삶, 음반, 윈드서핑, 드골 장군의 회담, 그의 부모
님의 성격. 나는 절대 그 모든 것을 핥아먹을 충분한 시
간을 갖지 못할 것이다. 내가 15일 전에 겔드로드 연극
을, 옛날 음악을, 보르도와 부르고뉴의 차이를 알지 못
했다는 사실을 잊어야 한다. «이 연주 좀 들어봐! 환상
이야! 네 라디오는 정말 형편없네, 주파수 변조도 안 되
잖아!» 나는 인정한다. 그의 비판에 수치심을 느끼지 않
는다. 입을 다물고 즐기면서, 그의 취향, 그의 생각, 내
가 가져갈 수 있는 모든 것을 먹어 치운다. 마크, 어쩌면
사랑, 이렇게 나를 내버려 둔다, 내가 작은 부르주아에
게 부서지도록 그냥 둔다. 마침 그가 말한다. «내 방이
더 편할 것 같아. 기숙사 방은 영세민 아파트 같잖아!»
물론이다. 데코레이션 그리고 독창성, 그것도 역시 그
의 편이다. 말하자면 벽에 붙인 수학 공식, 포스터, 숲에
서 주워 온 장작, 예전에 클로파르 길의 지하실과 창고
에서 봤던 것 같은 물건들, 이제는 예뻐 보이는 낡은 것
들. 그의 방은 내게 맞는 취향으로 넘친다. 우리는 희미
한 불빛 아래, 그의 어머니가 스키장에서 가져온 순록

가죽 위에서 위스키 한 잔과 함께 쉬츠의 〈아카펠라 모테트〉[i]를 듣는다. 마크는 쾌락일까, 어쩌면. «넌 너무 쌍년이야!» 보라색 사탕을 담은 봉지 같은 너의 입술, 물을 가득 채운 곳에서 수영하는 방탕한 소녀의 분홍빛 살을 닮은 너의 피부, 이 모든 것이 내 위에서 흐르게 둔다… 그는 내게 축제를 선물한다. 섹스하면서 듣는 음반, 친구들과 메트로폴에서의 만남 그리고 브리지 게임, 정치에 관한 대화. 어느 시인의 집에서 그의 친구들과 바닥에 둥글게 모여 앉아 즐기는 파티, 나 역시 시 몇 편을 가져왔고 우리는 그것을 몰입해서 읽는다. 술을 마신다. 우리는 모두 아나키스트다. 얼마나 커다란 자유인가! 나는 어리둥절했고 웃음이 났다. 여기에 드니즈 르쉬르라니… 창작하는, 쓰는 사람들의 모임, 모두 자신이 있다. 최악이다. 그들 앞에서 나는 기어 다니는 수준이다. 그가 가장 좋아하는 욕은 «흙 묻은 엉덩이», 할 말이 없다, 사실이니까. 그러나 나는 상관없다. 그들은, 내게 아무것도 알려 주지 않은 내 가족의 흙 묻은 엉덩이는 멀리 있다. 그는 나에 관한 모든 것을 알고 있고, 그것이 내 약점이다. 우리는 그 점에 대해서는 절대 말하지 않는다. 그는 그런 것에 관심 없다. 그는 자신의

---

i 무반주 다성 성악곡

부모를, 열정을, 내가 마치 그들의 사람인 것처럼 말한다. 나는 먹음직스러운 살로, 너무 멍청하지 않게 8개월 동안 그의 곁에 있다. 두려움의 훈계 따위는 생각하지 않는다. 푹 패인 순록 가죽 안에서 〈요한 수난곡〉을 들으면서. 부모님은 이런 인테리어를 상상할 수 없을 것이다. 그리고 나는 그에게 이런 환경에서 내 성기를 보여주는 것이 전혀 부끄럽지 않다. 나만의 진정한 장소를 찾았다. 진짜 내 자리, 훔친 설탕과 10시의 흑마, 어머니가 웃으면서 아버지와 내게 자신의 팬티 냄새를 맡게 했던 바보 같은 놀이의 추억조차 치워버렸다. 나는 그들에게 친절하다. 나는 그들을 사랑한다. «너는 그들을 사랑할 수 없어, 너는 그들과 너무 다르다고!» 아니, 그렇게 말해서는 안 된다. 그는 그렇게 말할 권리가 없다. 부모를 증오하지 않아도 되다니, 그가 지나치게 운이 좋은 것이다. 나는 한 달에 한 번 부모님을 본다. «성적은 좋니?» 나는 웃지 않는다. 그들을 깎아내리고 싶지 않다. 일요일은 수다를 떨면서 보낸다. 슈퍼마켓 때문에 손님이 줄었다. 식당, 도서관, 강당, 그들은 열망한다. 어머니는 가슴 아래를 문지른다. 그 모든 것이 그들의 딸, 그들의 외동딸을 위한 것이다. 마크와 나의 진짜 삶은 평온하다, 미움이 없다. 그들의 집에 가는 것은 소풍, 멀리 있는 회한일 뿐이다. «저 애가 집을 떠난 이후로 더 착해진 것 같아»라고 어머니는 확언한다... 메트로폴에서 르몽드지를 읽고 있는 그를 마주하고 보면, 당연히 그들은 다른 이들과 똑같은 작은 상섬의 주인이자 더는 내가 속하지 않은 계층의 사람들, 객관적으로 말할 수 있는 이방인들이다.

어느 것도 내 축제를 방해하지 않는다. 나는 대학에서 작문과 발표를 통해 진정한 나의 세계에 빛나게 정착한다. 섬세한 고찰, 훌륭한 논거... 그것을 아는 교수들은 내 진짜 자아를 두고 나를 판단한다. 테이블 다리의 토사물과 손님 둘 사이에서 급하게 먹던 소시지에서 유일하게 벗어난 자아. 그들이 말한 것처럼 라틴어 번역문의 함정에 빠지지 않고, 이것 혹은 저것을 고려하여 유리한 논거와 요령, 중요한 것을 찾아낼 수 있는 자아. 그렇지만 내게 정신의 축제는 발견하는 것이 아닌, 내가 더 올라가고 있다는 것을, 다른 사람들보다, 가난뱅이들보다, 높은 빌라에 살지만 수업을 듣고 토해내기밖에 못하는 바보들보다 더 우수하다는 사실을 느끼는 것이다. 나는 실타래를 쥐고 있다가 수업 시간에 보지도 알지도 못하게 여러 방향으로 실을 잡아당긴다. 대단한 과제! 웃기는 소리, 모두 꾸며낸 것이며 사람들에게 허풍 떨기 위한 것, 사다리로 이용하기 위한 것에 불과하다. 발표와 작문은 하자마자 쓰레기통에 던져 버린다. 절대 다시 쓸 일은 없다. 모두가 단지 성공의 추억일 뿐이다. 볼을 뜨겁게 하는 모든 것들을 움켜잡고 도서관의 차가운 책으로, 학위로, 모두가 일하는 한낮에 메트로폴 카페의 물컹한 냄새 속에서 나누는 철학적인 대화로 더러운 것을 짓이긴다. 나는 문학 교수 자격증을 갖게 될 것이고, 그러면 거의 시몬 드 보부아르와 비슷해질 것이다. 카페, 기숙사, 제 3세계에 관한 대화를 나누다가 새벽 4시에 잠들기, 특성 없는 더러운 가게에서 나를 꿈꾸게 했던 이 이국적인 가난, 내 삶은 이미 그것과 닮았다. 예비 과정 결과가 나오는 날, 부모님께 전보를 쳤다. 비난을 받지 않기 위해서도 한 일이지만 어쨌든 그들을 기쁘게 해줘야 했고, 그들이 학구적이면서 깨끗한 내 이미지를 품고 잠들어야 했기 때문이다. 나는 아침까지 내 합격을 클럽에서 축하한다. 친구들에게 샴페인을 살 것이다. 우아함이 나를 돋보이게 하고 나를 빛으로 둘러싸이게 한다. 한 발을 대학에, 예비 과정에 두고 있고, 날카로운 소리가 나는 문을 재빠르게 넘는다. 모든 것을 망칠 것 같은 두려움, 저주, 바보짓은 이제 끝이다. 내가 태어난 초록의 시골...[i] 그러면 넌, 내가 잘되면 우리가 결혼할 수 있지 않을까... 왜 행복에 겨워 우는 거야? «내버려 둬, 마크, 그녀는 취했어.» 히벅지에 달라붙는 긴 의자, 나는 샴페인에 절여진다. 피부 그리고 솜을 집어넣은 천 속에서 들썩거림에 흩어지는 뜨거운 파동. 땀이 줄줄 흐른다. 열기, 마치 창고에 넣었던 생리대가 마지막이 되리라는 것을 내 몸이 느낀 것처럼. 아무것도 생각하지 않는다. 술과 땀과 조용하고 비밀스러운 물결로 끈적이는 빈 주머니. 다 됐다.

빨리 축제로 넘어가야 한다. 집착과 비슷한 것이 다시 올라오지 못하게 해야 한다. 축제가 곧 끝난다는 것을 나는 이해하지 못한다. 그의 방 곳곳이 점점 더 더워졌다. 이상한 욕구가 녹다가 갑자기 사라졌다. 공기가, 그의 피부가 불길했다. «날 좀 내버려 둬. 10월에 시험을 다시 쳐야 해...» 그는 망친 법학과 시험 때문에 더 못 되게, 더 불쾌하게 굴었다. 사방에서 흘러내린다. 계속해서 두 번의 경련 사이에 있는 느낌이다. 희미한 것, 존재하지 않는 것. 그러나 그는 어느 날, 대시계 길에 있는 녹색 찻집에서 그의 어머니에게 나를 소개한다. «엄

i 레 콤파뇽 드 라 샹송의 노래 <Verte Campagne>의 가사.

마는 우리가 잤다는 것을 상상도 하지 못해!», 나는 미리 통보를 받는다. 어색함과 더위가 나를 벙어리로, 바보로 만들었다. 순하고 깨끗한 토끼 같은, 너무 친절하고, 혀 짧은 소리를 내는 이 부인 앞에서 나는 내 어머니와 그녀 사이의 거리를 쟀다. 이 정숙한 여인이 여유롭게 살기 위해서는 학위도 그 어떤 것도 필요 없다. 그녀가 웃는다. «나는 모든 걸 뒤죽박죽 섞는다니까. 발데크 로쉐[i]가 사회당이었니? 아니면 노동 총동맹? 설명해 줘, 아들!» 그녀는 내가 상상했던 모든 것을 가지고 있고, 그것은 마침내 비현실적이기까지 하다. 진주 목걸이, 은은한 금발 머리, 부드러움, 새처럼 재잘거리는 목소리, 아들을 향한 다정한 말들. 내가 갖고 싶어 했던 어머니. 나는 마음속 깊이 그녀를 증오한다. «당신은 문학도죠? 나는 문학을 정말 좋아해요. 비평가 전집을 모두 가지고 있거든요. '파게' 아시죠? '파게'가 맞나요?» 그녀는 친절하고 교양이 있으며, 경박하지만 그녀 옆에서 나는 천박한 메두사다. 내 안의 창녀가 다시 올라온다. «아니, 진짜 그렇다니까, 네가 아주 좋은 인상을 줬어. 안심해도 돼. 약간 범생이 같았을 뿐이야.» 나는 아주 조금이라도 좋은 인상을 남겼다는 사실에 기쁘다.

---

i 프랑스의 정치가, 제 2차 세계 대전 중 드골 망명 정권에 공산당 대표로 참가했다.

8일 동안 아무 일도 일어나지 않았다. 클로파르 길의 타르가 녹기 시작했다. 반짝이는 포장도로에 갈라진 조각들이 섬처럼 떠다녔다. 나는 마음이 아팠다. 부모님 집에 갔다. 항상 이 시기에 부모님을 보러 갔으니까. 말린 생선 같은, 냄새 나는 오래된 세탁물을 꺼내 놓고, 내가 엇나가지 않았음을, 이번만큼은 그들이 아무것도 두려워하지 않아도 된다는 것을 보여주기 위해서였다. 일요일, 그 일이 일어났다는 것을 알고 있었고 어머니에게 숨길만한 방법을 찾아야 할 것이다. 그 일요일, 나는 그들이 닭고기를 두 손으로 게걸스럽게 먹는 것을 본다. 빵 조각으로 육즙을 찍어 먹고, 접시에 다시 담그자 흐물흐물해진다. 다시 시작한다. 접시가 깨끗해진다. 손님 한 명이 주방 문틈으로 그들에게 말을 건다. 두 입 사이. 나는 식탁에서 아버지와 어머니 사이에 껴 있다. 그렇다, 나는 만족스러웠다. 복수의 환희를 느꼈다. 불행, 파탄이 진짜로 찾아왔으니까. 겁을 낼, 소리 지를 준비를 하세요. 이제 생리가 오지 않을 거예요. 동네 사람들처럼 당신을 부를게요. 르쉬르 어머니, 이번에는 빨랫줄에 널지 않았잖아요. 날짜를 세지 않으셨군요. 나는 이 기쁨을, 어쩌면 구체화된, 안에서 부풀어 오르는 이 모든 쾌락을 스스로에 설명할 수 없었다. 피를 대신하여 전속력으로 증오가 돌아온다. 그들은 당해도 싸다. 나는 그들이 그들인 것만으로도 짜증이 났다. 그냥 섹스만 하면 증거가 없으니, 언제든지 아니라고 말할 수 있다. 아니요, 니니즈는 그런 짓을 한 적이 없어요. 그렇지만 임신은 곧바로 눈에 띄고 말 것이다. 벌어진 다리, 춤 같은 섹스, 끝, 이미 포장은 끝났다. 더 이상 관념이 아니다. 나는 너무 자랑스러워 거의 죽을 지경이다. 그들은 빨강 머리 때문에 겁을 먹었다. 그리고 어쩌면 그 이후로 그들이 아무 말 하지 않았을 때도, 동네 여자애들에게 그런 일이 일어나면 서둘러 결혼을 했으니까… 이제 그들이 신음할 차례다. 그러나 아직 아무 말도 하지 않았다. 나는 그에게 알리려고 기다렸다, 그에게. 8일의 승리, 매우 달콤한 쾌락이 연장되는 느낌이었다. 나는 그를, 그 작은 부르주아를, 좋은 교육을, 다른 세계를 삼켰다. 예비 과정보다 한 단계 더 높이 올라간 것과 다름없다.

그는 부모님과 오스트리아에 있었고 내 편지를 받지 못했다. 15일 동안 보지 못했다. 생고기 맛이 스며들고 내 주변의 얼굴들이 일그러진다. 내가 보는 모든 것이 먹는 것으로 바뀐다. 뒤집어진 타르틴 부인의 궁전, 모두 썩어간다. 나는 설거짓거리가 담긴 물주머니다.

물이 나오고, 모두 뒤섞인다. 폭염 속 식당, 여자애들은 미숙하다. 나는 역겹고 물컹한 것을 먹는다. 내 승리가 뒤집히고 있다. 나는 간경변이라고 생각했다. 기숙사 침대에서 나무 그늘 아래의 연못 같은, 번쩍이는 간장약 한 컵을 삼켰다. 약이 입술 끝에 닿자마자 씁쓸한 맛으로 바뀌었다. 상한 맥주 같았다. 나는 물컹한 소시지, 진홍색 딸기를 꿈꿨다. 고통스러울 정도로 먹고 싶었던 마늘을 넣은 구운 소시지를 게걸스럽게 먹자마자 짠물이 올라왔다. 쾌락은 3분을 넘지 못했다. 나는 결국 아무것도 묻지 않은 생리대와 연결 지어 생각하게 됐다. 그것은 일종의 음독이었다.

《이게 무슨 성가신 일이야!》 그가 기숙사에 왔다. 《나는 너를 돌봐 줄 시간이 없어, 시험 때문에…》 그는 탄식했다. 그가 넋이 나간 표정을 지었다. 멍청한 놈. 그는 시험에 합격했고 나는 여전히 기다린다. 나는 그가 알아서 할 것이라고, 그의 가족들이 모두 해결해 줄 것이라고 믿었다. 그가 어머니, 그 교양 있는 작은 토끼에게 이야기할 수 있으리라 생각했던 것이다. 왜 말하지 않는 건지… 진짜 바보 같은 년. 장학금으로는 부족할 것이다. 《내가 빌려줄게…》 수상한 애무, 그는 흥분했다. 고무로 된 수련이 내 가슴을 막기 시작했다. 나는 분노로 울음이 터질 것 같았다. 그는 계속해서 쾌락을 찾고, 그 무고한 덫을 놓았다. 배꽃 향기가 나는 그 수액이 뱃속에 다시 올라와 나를 엄습한다. 예전에는 쾌락이 어땠었나, 모두 무너진다. 모든 것이 더럽다. 그는 나를 무시한다, 나를 모욕한다. 나는 그의 머리카락에, 귀에, 마티니 잔에 토할 것 같다.

망친 축제, 금세 끝날 것이다. 계단, 거리, 다리를 걸으면서 하나만 생각한다. 낙태 전문 산파의 주방의 테이블, 긴 솔로 씻어내 주는 그 산파를 찾아야 한다. 돈도 지불해야 한다. 흑인 여자, 은밀한 친구, 마구 휘저어서 없애고 위로해 주는 착한 어머니, 그녀는 어느 지붕 아래 숨어 있을까... 두 달이 걸렸다. 도시의 어느 집, 그 집의 한 공간에서, 그 공간에는 찬장이 있고 그 찬장에는 봉투와 기구들, 호스가 있다... «아가, 소리는 그만 지르렴!» 의미가 없다. 갈색 머리, 붉은색 머리 일당, 남자애들의 행렬, 부드러운 살, 핥는 입술, 그리고 순식간에 아무것도 없다. 벌을 받은 것이다. 구멍이 난, 능지처참을 당한 니니즈. 같은 곳이라면, 떠오르는 생각을 막을 수 없다. 쾌락, 그를 위한 작은 길, 그리고 팩, 빗장을 풀고 구멍에 들어간다. «잘 들어갈 거야, 안 들어가는 일은 없었어!» 주근깨가 뿌려진 손으로. 고통, 고통스럽다.

혼자 흘러내리는 것을 기다리다 죽을 것 같다. 찬 공기가 들어오게 해야 한다. 으깬 사과 냄새가 난다. 일종의 물 같은 것이 뱃속의 모든 틈을 통과해 담요를 적셨다. 내 침대 커버에서 새끼를 낳은 이웃의 고양이처럼, 내 침대 커버에만 향기로운 분홍색 둥근 얼룩이 남았다. «다 비워내고 있어. 죽을 때가 된 것 같아.» 어머니는 늙은 여자의 집에 다녀오면 그렇게 말했다. 아무도 나를 보러 오지 않았다. 혼자서 비워내야 한다. 불그스름한 증오의 작은 봉투를, 미리 저지른 실패를. 부모님 집에는 갈 수 없다, 그들에게 설명할 수 없다, 모두 잊자! 나는 학위 수료증을 받을 것이다. 어쩌면 교수 자격 시험도. 어머니는 믿지 않을 것이다. 내가 성폭행을 당한 것이리라 생각할 것이고, 가능하면 아랍인에게 당한 것은 아니기를 바랄 것이다. 내가 죽는다면, 그들은 헛되이 일했다는 사실에 미쳐버릴 것이다. 니니즈... 그들은 가게를 닫을 것이다. 그 어리석은 사람들, 가난한 사람들, 실내화를 신은 여자들이 더는 오지 않을 것이다. 그러나 나는 그곳에 없을 것이다. 여름에 어머니는 내게 반쯤 녹은 시장의 아이스크림을 사다 주셨다. 너무 서두른 나머지 어머니의 눈가에도 땀이 흘러내렸다. 아버지, 어머니를 몰래 죽였다. 그들은 너도밤나무

숲을 산책한다. 검은 나무 사이에 태양이 갇혔다. 까끄라기, 나는 어머니를 까끄라기라 부르고 싶었다. 파우더를 바른 이미 생기 없어진 피부와 부풀어 오른 베이지색 원피스, 무거운 가슴 때문이었다. 가을이었고, 우리는 집에 들어와 주방에서 카페오레를 마셨다. 첫 손님이 문을 열며 공기가 눅눅하다고 말했다. 나는 둘로 나뉘었다. 바로 그것이다. 내 부모님, 소작농 가족, 노동, 학교, 책, 보르낭들. 여기도 저기도 아닌 그것이 증오를 키웠다. 선택을 해야만 했다. 내가 원했다고 해도, 나는 그들처럼 말하지 못했을 것이다. 이미 너무 늦었다. 어느 날 아버지가 «저 애가 공부를 계속하지 않았더라면 우리는 더 행복했을 거야»라고 말했다. 나 역시, 어쩌면 그렇다고 생각한다. 아이스크림이 라틴 동사 변형 3그룹 위에 흘렀다. 어머니는 그것을 재빨리 먹어 치웠다. 그들은 나를 위해 모든 것을 다했다. 짓이겨진 수많은 것들. 걸려 있던, 터져버린 그것을 혼자 화장실에서 다시 뱉어내야 한다. 모든 것이 뒤틀렸다. 어디서부터 다시 시작해야 하는가. 일요일, 도미노 게임을 하던 사람들이 말했다. «너 당했어.» 나는 그 말이 무슨 의미인지 몰랐다. 그는 돌아오지 않을 것이다. 일주일 후에 미국으로 떠난다. 폭염에 달궈진 시드르 병, 마개가 솟아올랐다. 지하실 바닥에 노란 거품이 떨어졌다. 파편들이 3미터 거리에 있었고, 꽃처럼 병이 터졌다. 텅 비었다. 그 때문이었다면, 그 부르주아들, 그 좋은 사람들 때문에 내가 지금 뱃속에서 내 수치심의 소각들을 힘겹게 꺼내는 것이라면. 나를 증명하기 위해, 구별되기 위해, 이 모든 이야기가 거짓이었다면... 임신 그러니까 그것은 의미가 없을 것이다.

　나는 죽고 싶지 않다. 경비는 여전히 아래층에 있다.

　일요일, 기숙사에서.

　1973년 9월 30일.

찢어낸 것들을 다시 꿰메는 사람처럼

신유진

낡은 옷장 문을 열 듯 책을 펼쳤다. 컴컴하고 메케한 냄새가 났다. 옷장 깊숙한 곳, 텍스트를 향해 손을 뻗었다. 솔직히 고백하자면, 당장 넣은 손을 빼고 싶었다.

낯선 여자의 집, 한 소녀가 테이블 위에 다리를 벌리고 누워 있다. 뜨거운 냄비에서 꺼낸 금속 기구가 뱀처럼 고개를 든다. 그 기구의 이름을 정확히 명명할 수 없는 것은 소녀와 나의 부족한 의학적 지식 탓만은 아닐 것이다. 병원이 아닌, 어느 나이 든 여자의 주방에서 벌어지는 불법 낙태 시술을 설명해 주는 곳은, 그곳에서 사용하는 도구의 이름을 알려 주는 곳은 지금까지 어디에도 없었으니까. 소녀의 말을 빌리자면, 빅토르 위고도, 페기도, 이런 상황을 위한 글을 쓰지 않았다. 정제된 문학은, 정제할 수 없는 사건을 만났을 때 무력해진다. 아니 에르노의 『세월』의 한 구절이 떠오른다.

"시몬 드 보부아르를 읽은 것은 자궁을 가졌다는 불행을 확인하는 것 외에 어떤 도움도 되지 않았다."

아니 에르노의 『빈 옷장』은 빅토르 위고의 문학에도, 페기의 소설에도 없는 '자궁을 가졌다는 불행을 확인하는 사건'으로 시작된다. 어떤 이는 불법 낙태 수술이라는 이 충격적인 장면에 거부감을 느꼈을 것이고, 또 다른 이는 '역시 아니 에르노'라며 대수롭지 않게 받아들였을 것이다. 어쨌든 중요한 것은 이 강렬한 첫 장면이 '충격' 장치가 아닌, 플래시백을 여는 일종의 '충동' 장치라는 사실이다. 여기서부터 소설은 과거로 내달린다.

아니 에르노의 첫 작품, 『빈 옷장』은 그녀의 이름 앞에 늘 붙는, '자전적 소설'의 시초이다. 작가의 체험을 썼고, 그녀의 말처럼 '기억에 대한 주관적인 시선'은 있을 수 있겠으나, 거짓과 허구는 없다. 다만 이후의 작품들과 다른 것이 있다면, '드니즈 르쉬르'라는 가상의 인물을 설정했다는 점이다. 스무 살에 낙태 수술을 받고,

기숙사에서 자신의 어린 시절과 청소년기를 회상하는 이야기를 쓰면서, 소설 속 '나'와 작가 자신의 '나'에 대한 불확실성을 유지하는 일은, 첫 소설을 집필하는 작가에게 필요한 최소한의 방어 장치였을 것이다. 소설의 허구성은 우리를 지킨다. 어느 누구도 '드니즈 르쉬르'는 '아니 에르노'다, 라고 말할 권리가 없다. 그래서 소설은 자유로운 것이 아닌가. 『빈 옷장』이 다른 작품보다 더 날 것에 가까운 이유는 소설이라는 형식의 보호 아래 작가 스스로 자기 검열이라는 고리를 끊을 수 있었기 때문일 것이다. 그런 면에서 『빈 옷장』이 갖추고 있는 소설적인 요소들은, 아니 에르노의 말처럼 '조금 더 멀리' 나아가기 위한 디딤판이 됐다. 그렇게 『빈 옷장』을 거쳐, 『얼어붙은 여자』를 지나 『남자의 자리』를 통해, 모든 허구를 배제하고 현실을 담는 아니 에르노식 자전적 소설이 완성됐다. 물론 여기서 중요한 것은 모두의 현실이 아닌, 작가 자신의 현실이라는 점이다. 그리고 이 '현실'의 기저에는 '신분 계층 전향자'가 갖는 일종의 죄책감 같은 것이 존재한다. 그래서일까? 자신의 현실로부터 도주하기 위한 모든 몸짓의 절정에서, 그녀의 이야기는 늘 도망친 현실로 돌아간다. 마치 열심히 찢어낸 것들을 다시 꿰매는 사람처럼. 찢고

꿰맨 흔적들, 아니 에르노의 기억이 프루스트식의 기억과 다른 점은 바로 그 점일 것이다. 매끄럽지도 유려하지도 찰랑거리지도 않는 그녀의 기억은 거칠게 튀어올라와 때로는 흐름을 방해하고, 읽는 이를 불편하게 만든다. 그러나 그 덜커덩거리는 지점을 두고, «그것은 허구 없는 나의 현실이다»라고 말하는 작가 앞에서, 우리가 결국 고개를 끄덕이는 것은 우리 역시 삶의 울퉁불퉁한 결을 지나왔고, 또 지나고 있기 때문이 아닐까. 나는 지금 이 글을 읽고 있는 당신의 삶의 결을 짐작할 수 있다. 당신이 매끄럽고 찰랑거리기만 한 길을 지나왔다면, 아니 에르노의 책을 펼쳤을 리 없지 않은가…

아니 에르노의 글을 읽으면, 내가 그녀의 세계를 이해한다는 사실에 서글픔과 안도감을 동시에 느낀다. 나는 상처를 가진 인간임이 슬프고, 상처를 가진 인간임이 다행스럽다. 분명 아니 에르노의 현실은 나의 현실과 다르다. 나는 신분을 전향한 적도 없고, 내가 속한 '종(種)'을 위한 복수(아니 에르노는 자신의 문학을 일컬어, 자신의 속했던 세계, 그러니까 '종(種)'을 위한 복수라는 말을 한 적이 있다. 카페 겸 식료품점을 하는 부모 밑에서 서민적인, 때로는 저속한 혹은 소외된 세계에서 자란 자신의 삶을, 그곳의 언어로 세상을 향해 던지는 것이 일종의 종을 위한 복수라 생각했다고 말했다.)
같은 것을 할 마음은 전혀 없지만, 나를 둘러싼 세계를
부끄러워했던 기억과 '종(種)'의 언어와 몸짓이 내게 남
아 있음을 알고 있다. 나는 불법 낙태 수술을 받은 적은
없지만, 여성의 자궁안에서 일어나는 일이 개인의 의
지와 판단이 아니라 법적, 도덕적 판결을 받아야 하는
세상에서 살아가고 있음을 인식하고 있다. 그러니 『빈
옷장』의 드니즈 르쉬르는 내가 아니나, 내 삶의 일부를
담은 이야기이며, 나의 현실의 이야기이기도 하다. 거
기, 옷장 깊숙이 숨겨 놓은 '내'가 있다. 그렇기 때문에
손에 쥔 텍스트를 서둘러 털어내고 싶었다면, 이 모자
란 마음에 변(辯)이 될 수 있을까?

아니 에르노는 글쓰기란 세상을 향해 무언가를 던
지는 행위이며, 보이지 않는 것들에 형태를 만들어 존
재하게 하는 일이라고 했다. 나는 그녀가 던진 그 거친
무언가로부터 나의 현실을 보고, 나의 이야기를 낳는
다. 이것이 아니 에르노의 자전적 소설의 진정한 의미
가 아닐까? 반감과 공감 그리고 저항과 인정을 거쳐 하
나의 삶이 또 다른 삶으로 건너가는 기적 같은 일, 그
안에서 누군가의 고유한 이야기가 태어날 수 있다는
희망 말이다.

희망이라니, 아니 에르노의 작품과 썩 어울리지 않는 단어이지만, 나는 이 어두컴컴한 빈 옷장 속에 분명 그런 것이 있으리라 생각한다. 세상 밖으로 꺼내는 일, 세상을 향해 던지는 일. 아니 에르노의 글이 그런 것처럼.

그런 면에서 『빈 옷장』의 인물이 '드니즈 르쉬르'든 '아니 에르노'든 중요치 않다. 어느 곳에서 출발했든, 그녀가 향하는 곳이 개인의 한계를 초월한 '나'이며, 무수히 많은 '나'라는 사실을 알고 있으니까. 다만 그녀의 글이 아픈 것은 어쩔 수 없다. 작가의 칼 같은 글쓰기는 작가 자신을 찌르고, 여지없이 우리를 찌른다. 『빈 옷장』의 드니즈 르쉬르가 자신이 속한 세상에서 분리되는 과정, 모든 것이 '나'로 뭉뚱그려져 있던 세계에서 주체와 객체로 나눠지는 과정을 지켜보며, 우리는 분리되고 찢어지는 고통을 느낀다. 그것은 '이해한다'와는 다른 의미다. 칼에 손가락을 베인 사람을 보면 내 손가락이 욱신거리듯이, 우리는 그녀의 글을 감각으로 느낀다. 살아낸 글, 살아서 건너오는 글, 그것이 바로 아니 에르노의 문학이 가진 힘일 것이다.

우리는 지금 그녀의 옷장 앞에 섰다. 컴컴한 그곳을

향해, 텍스트를 향해 손을 뻗기 위해, 숨겨 둔 '나'를 만나기 위해. 우리를 찌르는 그녀의 글은 신경을 곤두서게 만들지만, 찔러야 할 곳을 정확히 알고 있는 칼잡이의 칼은 사람을 살린다는 사실을 기억하자. 외과 의사의 칼이 그렇고 작가의 칼이 그렇다. 물론 그 두 칼이 가는 방향은 완전히 다르다. 한쪽은 아픈 부위를 제거 혹은 덜어내기 위한 것이고, 다른 한쪽은 아픈 곳을 깨워, 아픈 곳이 있었음을 혹은 있음을 잊지 않게 하기 위한 것이다. 그리고 다시 선명한 피가 흐르는 그곳을 가리키며 묻는다. 그러니까 이제부터 당신은 그 상처로 무엇을 하겠느냐고…

당신은 무엇을 하겠는가?

이 책의 번역을 마치며, 내가 받았던 질문을 독자들에게 넘기려 한다. 그리고 나는 낡은 옷장 주변을 배회하며, 그 속에서 당신이 꺼낼, 당신만의 이야기를 기다릴 생각이다. 거기까지가 아니 에르노의 문학이라 믿으며,

거기까지가 이 작품을 옮기는 일의 완성이라 믿으며,

우리들의 완역을 기대하며.

옮긴이 **신유진**

파리의 오래된 극장을 돌아다니며 언어를 배웠다. 파리 8대학에서 연극을 전공
했다. 아니 에르노의 『세월』 『진정한 장소』 『사진의 용도』 『빈 옷장』 『남자의 자
리』, 에르베 기베르의 『연민의 기록』을 번역했고, 프랑스 근현대 산문집 『가만
히, 걷는다』를 엮고 옮겼다. 산문집 『창문 너머 어렴풋이』 『몽카페』 『열다섯 번의
낮』 『열다섯 번의 밤』을 지었다.

빈 옷장
아니 에르노

2판 2쇄 2022년 10월 24일

지은이	아니 에르노
옮긴이	신유진
펴낸이	신승엽
편집	신승엽
사진·디자인	신승엽

펴낸곳	1984Books (일구팔사북스)
주소	전북 익산시 창인동 1가 115-12
전자우편	1984books.on@gmail.com
대표전화	010.3099.5973
팩스	0303.3447.5973
SNS	www.instagram.com/livingin1984

ISBN	ISBN 979-11-90533-18-8 (03860)

잘못된 책은 구입하신 서점에서 교환해드립니다.

1984BOOKS